YOUNG AGE小說鮮視界！

YA!

青春滿點！活力滿載！好看滿分！

# 未來都市 NO.6 #2

淺野敦子—著
SIBYL—圖　珂辰—譯

# 目錄

W
N
S
E
監獄
森林區
北區
農田
東區

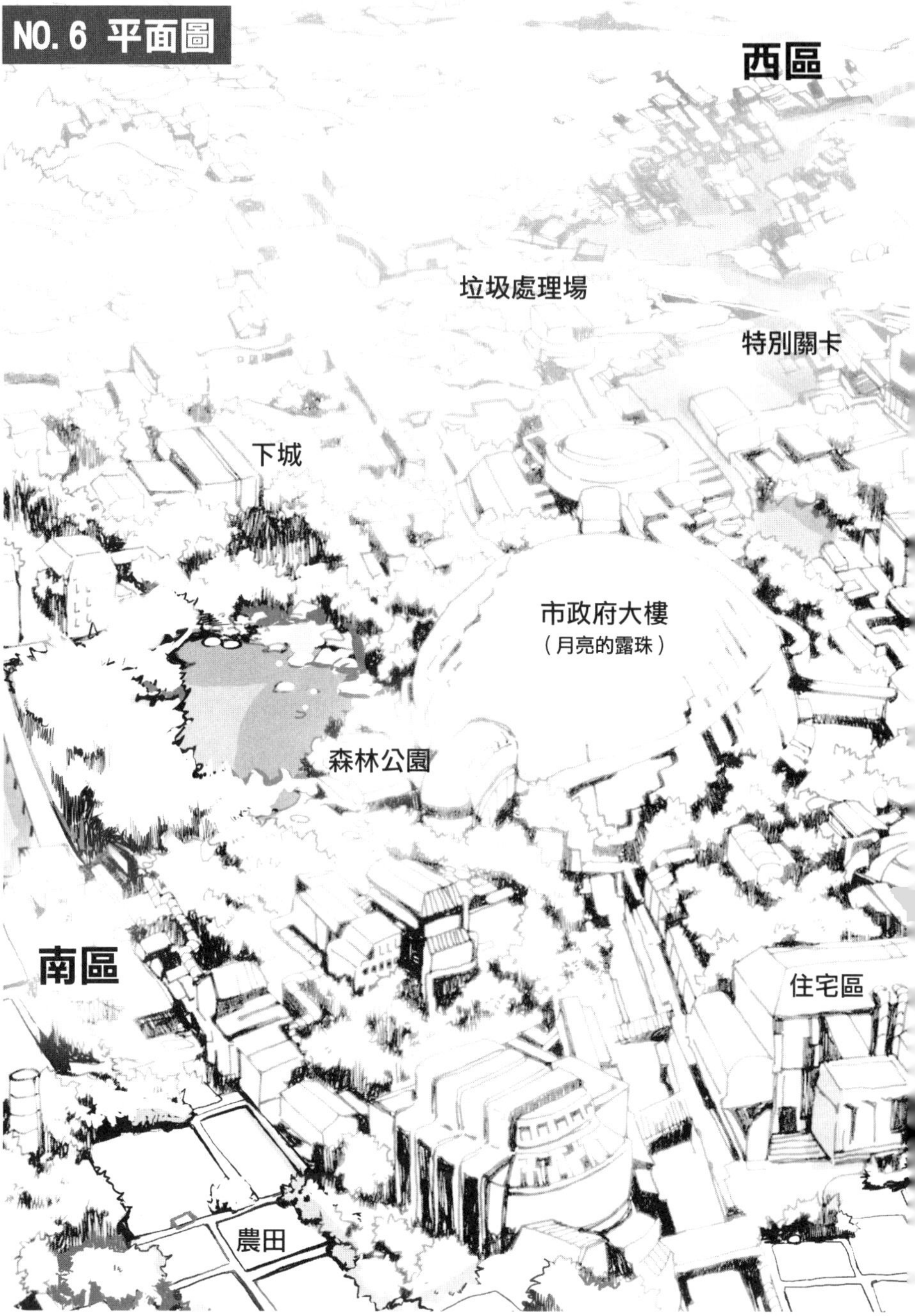
NO.6 平面圖
西區
垃圾處理場
特別關卡
下城
市政府大樓
（月亮的露珠）
森林公園
南區
住宅區
農田

# 人物介紹

## 紫苑

兩歲時被NO.6市政府認定『智能』屬於最高層次，便和母親火藍住在『克洛諾斯』裡，接受最完善的教育與生活照顧。12歲生日那天，紫苑因為窩藏VC而被剝奪了所有的特殊權利，淪為公園的管理員。後來，紫苑在公園中發現因殺人寄生蜂而出現的屍體，竟因此被治安局誣陷為兇手，在千鈞一髮之際被老鼠所救。沒想到，紫苑的體內也遭到不明蜜蜂的寄生，差點命喪黃泉。熬過死亡大關的紫苑，所有的頭髮都變白了，身體上也出現一條纏繞全身、如紅蛇般的痕跡。

## 老鼠

真實姓名不詳，有著如老鼠般的灰眼珠。12歲的時候因為不明原因，從外面被運送進NO.6裡，還被冠上『VC』——重大犯罪者的身分。受了槍傷的老鼠，逃進少年紫苑的房間裡，也開啟了兩人四年後重逢的緣分。當紫苑因為寄生蜂事件，被治安局誣陷為殺人兇手時，老鼠出手救了紫苑，並將他帶到自己居住的西區，還陪伴紫苑熬過了寄生蜂入侵體內的生死關頭。

火藍
紫苑的母親，跟紫苑一起被趕出『克洛諾斯』之後，在下城的某個角落，開了一家手工麵包店。雖然是只有一個展示櫃的小店面，但是從早到晚都飄著麵包的香味，很多人因此被吸引而來，生意滿好的。
力河
前〈拉其公寓〉（報紙名）的記者，現在在西區以發行不良的黃色書刊和為NO.6高官找樂子為業。曾經歷過NO.6初創建的時期，並知道許多不為人知的黑暗內幕。力河與紫苑的母親火藍是舊識，年輕的時候曾經非常喜歡火藍。
沙布
也在兩歲時，智能被認定為最高層次，在十歲之前是跟紫苑在同一間教室學習的同學，一直到十六歲仍跟紫苑來往密切。主修生理學，已經被市政府選為交換留學生，到其他都市去進修。

## 借狗人

個子矮小，擁有一頭長到腰際的黑髮、深黑眼睛、褐色肌膚，穿著寬鬆上衣和殘破的長褲。經營西區內一間殘破的舊飯店，以出借狗給投宿的人取暖為主業；因為聽得懂動物的語言，所以也利用狗到處打探情報，並將情報販賣給需要的人。

## 火藍&立克

老鼠家附近的孩子，是一對姊弟，下面還有一個妹妹。火藍的家裡非常貧窮，也常常吃不飽。紫苑因為火藍與自己的母親同名，所以對她非常有親切感，表示願意在閒暇的時候，讀故事給火藍還有其他小孩子聽。

# I 生與死

至少請你活下去吧！將事實的真相完整地傳達給一無所知的人們，讓他們也了解來龍去脈吧。

（《哈姆雷特》，第五幕第二場，福田恆存譯，河出世界文學全集）

紫苑闔上書。

有雨聲。

位於地下室的這間房子幾乎聽不到外面的聲音，但是不知道為什麼，只有雨聲跟風聲會悄悄溜進來。

小老鼠爬到紫苑的膝蓋上，晃動著鬍鬚，像是央求般地擺動前腳。

「要我唸這本書嗎？」

吱吱。

「你真的很喜歡悲劇耶！為什麼不看點快樂的故事呢？」

小老鼠抬起臉，眨著葡萄色的眼睛。

紫苑靠向椅背，蹺起腳，小老鼠仍然站在他的膝蓋上。

這張椅子原本應該是相當高級的家具，從它堅固的造型，以及椅背上雕刻的精緻圖紋就能看得出來。

然而現在已經非常老舊，到處都有漆剝落，連椅墊的顏色也褪到無法辨別原來的模樣。但它還是這裡僅存的少數家具之一。

一星期前，紫苑從占據房間三分之二地板面積的書堆底下挖出這張椅子。

「看樣子，說不定把書堆整理整理，還能挖出更多寶來。」

聽到紫苑半認真地這麼說，老鼠不以為然地笑了笑。

「你有時間想這些無聊的事，倒不如先鍛鍊鍛鍊自己的體力吧。你根本就是生來從沒有做過勞力工作的大少爺，一臉蒼白樣。」

「我之前負責公園的清掃業務，每天都做勞力工作。」

老鼠聳聳肩，用充滿揶揄的語氣說：

「公園的清掃業務？清掃ＮＯ.６的森林公園算是勞力工作嗎？你不是只負責操控清掃機器人而已嗎？這位少爺，所謂的勞力工作啊……」

老鼠皺起眉頭，用力抓住了紫苑的手，看起來纖細的手卻有令人驚訝的握力。
「是要用手、腳及腰力去做的，要用自己的身體啊！你搞清楚。」
紫苑已經習慣老鼠這種諷刺揶揄的毒舌口吻，根本不覺得生氣。反而覺得在諷刺揶揄的背後，總隱藏著讓人不得不點頭同意的事實，他常常在還沒生氣之前，就已經同意老鼠的說法了。
的確，在神聖都市NO.6時，他主要的工作是敲打操控機器的鍵，從來沒有勞動身體的經驗。
汗流浹背、磨破手上的皮膚，疲勞自己的筋骨，因此餓到受不了，最後舒舒服服地進入夢鄉。
紫苑從來沒有過這樣的經驗。
「所以我要做啊。」
他指著堆積如一座山的書說。
「把這些整理整理，將它們分類，再排放整齊，算是扎扎實實的勞力工作了吧？」
「你會花掉一百年。」
「一個禮拜就夠了。」

老鼠再次聳聳肩，口中喃喃地說：「隨你高興！」「你愛怎麼樣就怎樣吧，只是別碰書跟書櫃以外的東西。」

「這裡除了書跟書櫃以外，幾乎沒有別的東西吧？」

「也許會出現什麼天大的寶物也說不定啊。老實說，連我都不知道這下面有些什麼東西。」

小老鼠們躲在書本的縫隙之間吱吱地叫著。紫苑拿起一本淺綠色的小書。

「老鼠。」

「嗯？」

「你什麼時候開始住這裡的？」

暴露出水泥的牆壁、上千本書、地下室，這不像是一個適合人居住的地方。

「你不是在這裡長大的吧？你是在哪裡出生的呢？」

紫苑閉嘴了，因為他發現老鼠灰色的眼眸裡閃著可怕的眼神。

「啊……抱歉。」

老鼠抽走紫苑手上的書本，往旁邊丟。

「如果你還想在這裡待上一陣子的話……」

老鼠披上超纖維布，嘆了一口氣。

「就收斂一下你的好奇心。你什麼都想干涉，我實在快受不了了。」
「並不是好奇，我只是想知道而已。」
「到處打聽、挖掘自己想知道的事情，就叫做好奇。這點你要記住。」
老鼠這種放話似的口吻，讓紫苑覺得生氣，沒來由地就是會生氣，因為他覺得自己並不是好奇。
他一把抓住正打算外出的老鼠。
「我什麼也不知道，所以才想知道。」
「所以，我說那就叫……」
「如果是沒有必要知道的事情，我也不會想知道。但是我想知道——啊！」
咬到舌頭了。
紫苑不自覺地摀住嘴巴蹲下，他痛到眼眶含淚。
老鼠笑出來了。
「真是的，你真的是個天生的笨蛋，狀況百出……你還好吧？」
「還好，原來咬到舌頭這麼痛。」
在NO.6的時候，也就是從出生到十六歲為止，紫苑從沒有因為著急說什麼而咬到舌頭的經驗。

以前也不曾因為心裡著急卻說不出話來，就不自覺地伸手抓住對方。

「然後呢？」

老鼠蹲下來，凝視著紫苑的臉。

那雙閃著頂級布料般光澤的眼眸，現在已經風平浪靜了。

「你想知道什麼？」

「你的事情……我想知道你的事情。」

老鼠呆住了，連嘴巴都忘記闔上，只是不停地眨著眼。

「紫苑，你是不是看了什麼奇怪的書？」

「奇怪的書？」

「厚到嚇死人的戀愛小說。命運坎坷的女主角面前出現了一名王子，一對不被祝福的戀人在經過各種苦難的磨練，最後終於有情人終成眷屬的故事。」

「我沒看過啊。」

「那『我想知道你的事情』這種台詞，是從哪裡學來的？」

「這不用人教，我也會說啊。」

「你是說真的嗎？」

「當然啊，老鼠。」

紫苑舔了舔嘴唇，凝視著眼前的灰色眼眸。

「我想知道，因為我什麼都不知道。我只知道一件事情，那就是你救了我，除此之外，你的名字、你的過往、你為什麼會一個人住在這裡，我完全不知道。對於你，我一無所知。」

老鼠抓起紫苑的手。他的手指一如往常地冰冷、僵硬。

「那我就告訴你，把你的手放在這裡。」

紫苑照著老鼠所說，將手放在老鼠的胸口上。

「有什麼感覺？」

「什麼感覺……覺得是男人的胸膛，又硬又平。」

「是、是、是，很抱歉我沒有大胸部。還有呢？」

「還有……」

透過布料粗糙的襯衫傳達到掌心的東西：心跳、體溫、堅硬肌肉的觸感。

不知道為什麼，紫苑說不出口，只是將手抽回來，握緊拳頭。

老鼠噗哧地笑了出來。

「心臟規律地跳動著，而且很溫暖，對吧？」

「那是當然的啊，你是活生生的人，心臟會跳，也會有體溫，這很理所當然，不是嗎？」

「沒錯，我是活生生的一個人，現在就站在你面前，這樣就足夠了，你還想知道什麼？」

「我不是這個意思……」

老鼠站了起來，俯視紫苑。

跟手指一樣，老鼠的視線也同樣冰冷。

「你想要的是情報：出生年月日、成長經歷、身高、體重、智能指數、DNA，你要的只是能換置為數字的資訊而已。你只懂得利用數字來了解一個人，所以無法理解眼前這個活生生的人。」

紫苑也站了起來，他的拳頭握得更緊了。

「你愛諷刺人、愛挖苦人、討厭吃魚、睡相難看。」

「什麼？」

「雖然知識淵博，卻完全沒有體系。以為你隨性又神經質，沒想到你也有懶散又馬虎的一面。你喜歡熱騰騰的湯，但是如果調味上出錯，你的心情就會變得很差。你昨晚睡得迷迷糊糊，把我踹下床三次。」

「紫苑，你等一下。」

「我來到這裡之後，知道了這麼多事情，這些並不是數字。我並沒有將你換算成數字，我並不想那麼做。」

老鼠別開自己的視線。

「對你而言，我只是外人。你還是別對外人有興趣比較好。四年前，你救了我，我欠了你一個很大的人情，所以這次換我回報你。只要你喜歡，高興在這裡住多久、高興做什麼都隨你，但是，請你不要想了解別人的事情。」

「為什麼？」

「會造成困擾。」

「困擾？了解會變成困擾？」

「對你這種人而言會。你雖然善於求知，但是感情脆弱，你很輕易就會相信別人、接納別人。我要你斬斷多餘的東西、放棄一切，我之前不是跟你說過嗎？」

「是啊……」

「但你卻打算背道而馳，你對我產生興趣，企圖想要了解我，還想要多背負一些多餘的東西。真是個無可救藥的笨蛋！」

紫苑無法理解老鼠說的話，他說的話比自己過去所讀過的任何一本專業書籍還要艱深難懂。

「老鼠……我不懂。」
紫苑老實地說。
老鼠輕輕地聳聳肩。
「一了解就會生情，你會無法把對方當成毫無關係的陌生人，這麼一來，你不就會麻煩了嗎？」
「為什麼？」
「一旦敵對，會下不了手。」
老鼠的聲音裡帶著些微笑意。紫苑使勁地踩著老舊的地毯。
「在你被感情困住、猶豫不決的時候，我手上的刀子已經插進你的心臟了。刀子雖然是一種古老的武器，但是還滿好用的喔。」
「為什麼你跟我一定要為敵呢？你會這麼想也很奇怪，這才是很可笑的吧？」
「是嗎？我倒覺得滿有可能的耶。」
「老鼠！」
突然一陣很大的聲響，書堆倒了。
一隻小老鼠跳上老鼠的肩膀。
「好了，如果你想要整理的話，就快動手吧，一個禮拜很快就過去了喔。我要出去工作了。」
老鼠輕快地轉身走出門外。
紫苑感到全身無力，還冒著冷汗令他很不舒服。和老鼠交談，偶爾會讓他緊張到冒汗。
他舔了舔乾燥的雙唇，自言自語地說：
「我甚至連你在做什麼工作都不知道。我只是想知道而已，可是你卻……過分的是誰啊！」
接著，他開始整理成堆的書本。
「紫苑……」
門開了，傳來老鼠的聲音。他丟了一副工作手套給紫苑。
「光著手工作，小心指甲會斷掉喔。」
紫苑連個「謝」字都來不及說，門就關上了，房內再度寂靜無聲。
毫不經意的體貼與剛才的冷言冷語，該相信哪一種呢？紫苑覺得捉摸不定，因此他更想要一探究竟。
他戴上手套，開始撿地上的書。
沒錯，做粗重工作的時候，最好戴上手套，自己卻連這點也不知道。

你要的只是能換置為數字的情報而已，你想利用這些數字來了解一個人。

數分鐘前接收到的話，還盤旋在自己的腦海裡。

將人體解析為資訊的方法，在ＮＯ．６的時候就學到了。自從接受市府的幼兒健診，被認定為最高層級，得到最優良的教育環境時，老師就是這麼教的。

構成人類的細胞有兩百七十四種類六十兆個，每一種細胞的名字、形狀及功能他全都背起來了。他知道各種內臟器官的功能及位置，也學過從扁桃腺或嗅覺周圍皮層到海馬體的資訊傳達路徑。

然而，那些卻派不上用場。不管動用多少知識，都無法理解眼前這一個已經在一起生活快一個月的人。

老鼠真的認為有一天他們兩個人會變成敵人嗎？會互相殘殺嗎？真的會發生這種事嗎？

老鼠的言行舉止總是帶著謎，讓紫苑覺得腦中一團混亂。覺得捉摸不定，因此更想要一探究竟。紫苑想了解他身上絕對無法換置為數字和記號的部分。

紫苑搖搖頭。

好幾隻小老鼠在他的腳邊鑽來鑽去。

別想了。在這裡胡思亂想也無濟於事，現在要跟這些書奮鬥。

紫苑馬上就汗流浹背、腰痛，手也變得沉重。

但是，讓他接二連三中斷工作的原因，並不是來自身體的疲勞及疼痛，而是因為書的內容本身。

他老是被隨意翻開的故事吸引，就這樣坐在地上看了起來，欲罷不能。

每一次，小老鼠都會跳到書上。

「等一下嘛，我再看一點就會繼續收拾。」

「吱吱。」

「我知道了啦，我做，我做就是了嘛。」

第三天，紫苑從舊科學雜誌下面，發現了那個東西——銀色的小箱子——急救箱。

那是紫苑的。

四年前的一個颱風夜，老鼠突然以一個入侵者的姿態，全身濕答答地出現在紫苑面前。

看見老鼠頂著血肉模糊的肩膀，看起來就快要暈倒的樣子，紫苑不自主地伸出了援手。當時的他湧起強烈的保護欲，讓他忘記面對入侵者的恐懼；即使後來知道少年是一名在ＮＯ．６裡代表兇惡罪犯的ＶＣ，他的保護欲仍然沒有消失。

紫苑提供老鼠棲身之所、替他療傷，並讓他短暫地靜養。

他沒有絲毫猶豫，無法控制自己的行為。

然而，這卻讓紫苑喪失了當時擁有的所有特權，也讓他幾乎完全失去富裕且安定的生活。

那一晚，紫苑就是用這個箱子裡的器具及藥物，替老鼠治療肩上明顯是槍枝造成的傷口。

隔天早上，紫苑醒來後，房內消失了四樣東西——借給老鼠的紅色格紋襯衫、毛巾、急救箱，以及老鼠本人。

其中的兩樣回來了。

不，這個箱子可以說是回來了，但是說老鼠回來也許並不恰當。

拯救中了圈套、差點被治安局送到監獄去的紫苑，並將他帶到ＮＯ．６外圍的人，正是老鼠。

並不是他回來了，而是我流落到他的地方來了。

這就是現實。紫苑從被稱為神聖都市的桃花源，被打入了連陽光也照射不進來的地下室，也許再也無法循正常的途徑回到NO.6了。

母親火藍還留在那裡，她會多麼擔心被視為逃亡犯的兒子呢？

雖然紫苑知道多想也無濟於事，但是他還是覺得心痛。

他無法像老鼠一樣捨棄一切，他無法斬斷、無法像老鼠一樣過日子。他如果不找個東西攀附，他覺得自己就要崩潰；他如果不去思念誰，他覺得自己就要發狂。

他打開急救箱的蓋子，自動殺菌裝置似乎還正常啟動。在有點紅光的殺菌燈光下，紫苑看到了手術刀及紗布。

他湧起一股懷念的感覺，彷彿見到了老朋友。

「吱吱！吱吱吱！」

「什麼？我知道啦，我有在工作啊，你真嚴格耶！」

紫苑笑著說。

小老鼠彷彿回答似地舉起前腳，輕聲叫著。

就這樣，在一個禮拜內，紫苑獨自幾乎收拾好占領地板的書本。

當然不可能全部都放到櫃子上，地板上還是有很多書堆成一座小山，不過生活空間寬敞多了。

「如何？」

紫苑自豪地問。

老鼠隨意地癱在椅子上，慵懶地打了個哈欠。

「急救箱、幾條毛毯、馬克杯、舊式暖爐，你就挖出這些東西而已嗎？」

「夠多了吧！」

「只可惜沒能挖出進入NO.6的入市許可書。」

紫苑站在老鼠面前，凝視著他的眼睛。如果是認真要和對方談話，就不能避開對方的眼睛——這也是跟老鼠生活一個月後學到的事情之一。

紫苑俯身抓著椅子的扶手靠近老鼠。

「幹嘛啦？」

對於紫苑嚴肅的態度，老鼠的身子不禁抖了一下。

「老鼠，我母親人在NO.6，她是我唯一的親人。不管你怎麼嘲笑我，我就是無法捨棄我母親。但是……我對那個都市的生活毫無眷戀，就算時光可以倒轉，我也沒想過要回到擁有NO.6正規市民資格的時候。真的一點也沒想過。」

紫苑的視線凝視著的灰色眼眸，連眨也沒眨一下。

「你一口咬定NO.6的生活是虛假的，這一點我也實際感受到了，我並不想回到虛假的、表象的和平與富裕中生活。」

「也就是說，你已經下定決心在神聖都市的外圍生活了嗎？」

「沒錯。」

「你是在知道這是個什麼樣的地方的情況下，做出這個決定的嗎？」

紫苑答不出來。

老鼠嘴角一斜，臉上浮現冷笑。

「你什麼都不知道。不知道什麼是飢餓、不知道什麼是冷到發抖，不曾因為來不及治療，傷口化膿、痛到呻吟，也不曾體會因為傷口長蛆，雖然活著，肉體卻不斷腐爛的痛苦；更不曾眼睜睜地看著一個人死去，自己卻無計可施。這些你都不曾經歷過，只會說些好聽的話。

「什麼實際感受嘛！你不過看了那個都市的一點點皮毛，嗅到了味道而已，別裝得一副你什麼都清楚的樣子。管他是虛假還是表象，NO.6有溫暖的床、有充足的食物，也有乾淨的水，還有完善的醫療設備、娛樂設施跟教育機構，那些全都是這裡的居民渴望卻遙不可及的東西。你對那些沒有眷戀？太傲慢了，傲慢到令人厭惡，不然你就是個大騙子！」

紫苑吸了一口氣，握住扶手的那隻手更加用力了。

「也許我傲慢……但是我並沒有說謊。不管這是個什麼地方，我已經決定在這裡生活下去了。並不是因為我已經變成逃犯，被NO.6通緝，就算沒有這個原因……不管這裡的環境多惡劣，我都想待在這裡。」

「理由呢？如果不是謊言，也不是說好聽話，那是什麼讓你下了這麼大的決心？」

「因為你，你吸引著我。」

「什麼？」

「你知道我不知道的事，告訴我過去不曾有人告訴我過的事。我不知道該如何表達……反正你就是吸引我，非常吸引我。所以我想留在這裡，跟你看相同的東西，吃相同的食物，呼吸相同的空氣。我想要得到在NO.6絕對得不到的東西。」

老鼠緩緩地眨了兩次眼，然後單手壓著額頭搖頭。

「紫苑，我從以前開始就一直很在意一點。」

「什麼？」

「你的語言能力還不如黑猩猩好耶。」

「聽說人類與黑猩猩的基因組合，相差只有百分之一點二三而已喔，我覺得你還是不要太瞧不起黑猩猩比較好。」
「我是瞧不起你啦，笨蛋！你就不能用適當一點的詞彙嗎？」
「我講的話哪裡奇怪了？」
「『被你吸引』這種話不要隨便說，這是非常沉重珍貴的用語，只能對非常重要、無可取代的人說。」
「那我該怎麼說？說我愛你嗎？」
老鼠故意嘆了一口長長的氣，喃喃自語地說：「算了。」
「跟你說話，連我都快秀逗了。拿去。」
老鼠塞了一本厚厚的書給紫苑，然後站了起來。
「這是《哈姆雷特》，你拿去看吧。」
「我看過一次了。」
「那就再看一次，加強你那貧瘠的語言能力吧！記點語彙。」
「我的用字遣詞真的有那麼糟嗎？」
此時，老鼠說話的速度比平常快了一些。
「你只是喜歡稀奇的東西，就像發現新型細菌或是未知行星的學者一樣。你遇見了過去自己身邊不曾出現的類型的人，所以充滿了好奇心和期待，如此而已啦。

你並沒有受到我的吸引，也並不是愛上我，只是很高興看到珍貴的品種罷了。你連這個都不懂嗎？」

好辛辣的一段話，彷彿變成了銳利的荊棘，刺穿紫苑的耳膜。

「我不相信你。」

老鼠抬起頭，對上紫苑的視線，紫苑緊咬著下唇。

「我不相信你說的話。你是一個從出生以來，就一直被虛偽的富裕包圍著過日子的人，是一個輕易可以說得出要捨棄那一份富裕的傲慢之人。紫苑，你在從事公園的清掃工作時，每天早上都必須要舉行『儀式』吧？」

工作前要舉行儀式：將手放在管理系統機器的螢幕上出現的NO.6市政府大樓，也就是俗稱「月亮的露珠」的建築物上，宣誓對市的忠誠。

「我發誓對市永遠忠誠。」

「感謝你的忠誠。請帶著身為市民的驕傲與誠意，開始今天的工作。」

就只有這樣而已。

每天早上都要重複這個動作，這讓紫苑非常痛苦。陳腐又誇張的誓言、滑稽的儀式，全都刺痛著年輕的自尊。

老鼠突然笑了。

「你很討厭那個吧？」
「對。」
「被強迫要求忠誠，覺得很痛苦吧？」
「是啊……的確。」
「然而，你卻忍下來了。沒有抵抗，每天早上還是心平氣和地覆誦誓言。紫苑，言語不能像你那樣隨便地使用喔。被強迫還心平氣和，那是不對的。你並不懂這一點，所以我無法相信你。」
老鼠突然伸長手，撫摸紫苑的臉頰。
「我講得太尖銳了嗎？」
「沒錯。」
「我呢……並不憎恨你，也不討厭你。」
「嗯……這點我還明白。」
「紫苑……」
「嗯？」
「要不要出去看看？」
老鼠的手撥弄著紫苑的頭髮。

「你的體力應該已經完全恢復了吧。要不要自己親身確認一下你說之後要生活的地方，是個什麼樣的地方？」

老鼠慢慢地收回手，長長的手指上纏繞著幾根白髮。紫苑的頭髮雖然白，但是很有光澤，愈看愈是美麗。

然而，這樣的美卻是一種殘酷。

一夜之間變色的頭髮，加上看起來像條蛇、盤繞於全身的帶狀紅色皮膚病變。還有孩子們近距離看到它時發出的驚叫聲。

紫苑忘不了那些孩子的目光，如同看見異形怪物時的恐懼與錯愕。

可是他一定要走出去，用自己的眼睛去看、耳朵去聽、鼻子去聞、肌膚去體會這個自己即將要生活的世界，然後再一次對老鼠說：

「不管這裡是個怎樣的地方，我要在這裡生活下去。比起被包圍在假象之中，還必須吞下陳腐的誓言過日子，我寧願在這裡掙扎……」

「頭髮我可以幫你染，看你喜歡黑色、茶褐色或是綠色都可以，你說呢？」

「不，不染了。」

「這樣就好了？」

「嗯，這樣就好，白髮也不錯，總比禿頭好多了。」

老鼠低下頭，肩膀微微地抽動。

「你真的很有趣，好好玩。」

「是嗎……沒人這麼說過我耶。」

「你是天生的諧星。與其讀那些艱深的理論書，我建議你改走搞笑路線，絕對更有發展。」

「我會考慮的。」

「你好好考慮吧。那明天我帶你出去走走。」

「嗯。」

「而且，你還有一個地方必須要去。」

「拉其公寓嗎？」

LK-3000附近，拉其公寓3F，不確定　火

火藍捎來的紙條，一張近乎謎的紙條，無法猜測那個地方在哪裡，究竟有誰在那裡。

「你找到拉其公寓了嗎？」

「沒有，這裡沒有地址門號那種東西，不過很久以前，這裡曾是一個有規劃的街道，我找到當時的地圖了，地圖上真的有LK3000這一區。」

「你幫我查了啊……」

「打發時間啊。」

「想不到你有時間可以打發，我還以為你很忙……」

老鼠不著痕跡地打斷紫苑的話。

「還有，寫信吧。」

「做什麼？」

「給你媽啊。不過，只能是十五個字以內的小紙條。這隻小老鼠說想吃你媽烤的麵包。」

「可以幫我送信嗎？」

「紙條可以，十五個字以內，但不保證一定送達就是了。」

「老鼠……」

「幹嘛？」

「謝謝。」

老鼠退了一步，凝視著紫苑的臉。

「拜託，可以不要用那種眼神跟我道謝嗎？我覺得好毛喔。明天的事情明天再說，我要去洗澡了。還有，給媽媽寫信之前，先好好唸書給那傢伙聽吧，牠從剛才就一直在等了。」

老鼠消失在浴室裡。

紫苑坐在椅子上，打開剛才老鼠遞給他的書。伴隨著淡淡的書卷味，他認真地一路看下去。

「如果你在乎我的話，赫瑞修，就請你不要和平的沉睡，繼續活下去，忍受這世間的痛苦，將我的故事流傳人世間……」

哈姆雷特就這樣死在友人的懷中。

紫苑慢慢地闔上書。

外頭傳來雨聲。

位在地下的這間房子，為什麼聽得到雨聲呢？雨聲如同沉穩的音樂一般，滲透進來。

繼續活下去，忍受這世間的痛苦。

繼續活下去，也許就等於要忍受痛苦吧。

老鼠親身體會到了這一點。

腳邊有一隻小老鼠在叫著。

「啊，對不起，你想聽哪本書？」

小老鼠爬上紫苑的膝蓋，擺動著前腳。

「想要我唸這本書嗎？」

吱！

「你真的很喜歡悲劇耶，換個有趣的故事吧？」

紫苑讓小老鼠坐在自己的膝蓋上，直接蹺起腳。

「唸給牠聽吧，悲劇。」

後面傳來老鼠的聲音。紫苑沒注意到他是何時走出浴室的，完全沒有動靜，也沒有聲音。

「你的聲音很好聽。那傢伙很喜歡聽人朗讀，很想聽你唸悲劇給牠聽。」

「是這樣嗎？」

有著葡萄色眼睛的小老鼠眨了眨眼，似乎給了一個肯定的答案。

「好吧，那就從第五幕開始唸吧。」

「噓！」

老鼠濕濕的手掌摀住紫苑的嘴巴。

「你聽到了嗎？」

「什麼？」

還來不及問，但是紫苑也聽到了。是衝下樓梯來的腳步聲。

厚重的門被敲打著。

敲打聲從門的正中央傳來，慌張，但並不是很有力。

是一個孩子。

孩子拚命地敲著門。

紫苑站起來走向門。

「等一下。」

老鼠叫住他，灰色的眼眸在濕淋淋的劉海下凝視著門。

「不要隨便開門。」

「為什麼？」

「因為危險，不要沒有防備就開門。」

「他只是小孩子，而且很急。不知道發生什麼事了？」

「你為什麼能那麼肯定？武裝士兵也能敲門的下方啊。」

紫苑將視線從老鼠的臉龐移到門上。

救命。

紫苑覺得好像聽到微弱的呼救聲。

他吞了一口口水，開鎖，伸手握住門把。

「紫苑！」

開門。一陣冷空氣吹了進來。

外面已經昏暗，吹著寒冷的風。

有個女孩站在昏暗的天色中，她抬頭看著紫苑的眼眸裡佈滿了淚水。

紫苑看過她，她住在低窪地的木板房裡。一個讓紫苑忘不了的孩子。

她曾經在看到紫苑變白的頭髮跟盤旋在脖子上的紅色痕跡時，發出慘叫聲。那是紫苑第一次對上把自己當作異形般恐懼的視線。

然而，如今佈滿淚水的大眼睛裡，不再有恐懼，只看得到緊張的情緒。

「救命，快一點，他快死了。」

紫苑牽著女孩的手往上跑，同時還一邊叫著：

「老鼠，拿急救箱跟毛巾來。」

紫苑就這樣衝出光禿禿的樹木林立的外頭。

# 2 神明的場所

於是女神范娜范娜使出了殺手鐧。她召喚了好幾隻，不，是成千上百的蜜蜂，對牠們說：「你們的身體又小又輕，速度又如同光一般快，一定能找出哲里皮奴。好，快去吧！」

（哲里皮奴神話《美索不達米亞神話》，矢島文夫，筑摩書房）

有一個人倒在一棵樹幹非常細的白木底下，他看起來比女孩還要弱小，是個小男孩，正痛苦地掙扎著。

紫苑抱起小男孩，即使在昏暗的天色中，仍然看得出小男孩的臉色發白。

他抓著脖子，張大嘴巴，然而嘴唇卻毫無血色。

他呼吸困難，應該是喉嚨卡到什麼了。

沒有時間猶豫，紫苑將小男孩翻過來，撐著他的肚子，以手掌用力地拍打他的背。

「吐出來，快點吐出來！」

兩下、三下，紫苑不斷地拍打著骨瘦如柴的背，四下、五下……

「嗯～～」

小男孩的嘴裡吐出了一堆嘔吐物，裡面夾雜著黑色的圓形物體。他的身體抽搐了一下。

「水，拿水來。」

紫苑朝著老鼠大叫。

接著，他讓小男孩躺下，把臉靠近小男孩的嘴巴。

他能感受到小男孩的呼吸。

沒事了，有呼吸了。

氣管暢通，也不需要人工呼吸，但是小男孩依舊昏迷……

「叫他的名字。」

女孩很機靈地反應過來，她立刻靠到小男孩的面前，喚著他的名字。

「立克，你聽得到我的聲音嗎？立克。」

「立克，你能呼吸嗎？」

小男孩的胸口大大地起伏，他睜開雙眼，眼淚就這樣掉了下來。

「……姊姊。」

「立克。」

紫苑阻止想要上前抱住小男孩的女孩，慢慢地將小男孩的上半身扶起來，並拿著裝有水的杯子湊近小男孩的嘴邊。

「可以喝水嗎？」

「嗯。」

「乖孩子，慢慢喝。你叫立克嗎？」

「嗯。」

「立克，你可以聽得見姊姊跟我的聲音嗎？看得見嗎？」

「嗯……水好好喝。」

「乖孩子，你真乖。肚子痛不痛？胸口會不舒服嗎？」

「喉嚨……」

「什麼？」

「喉嚨……好痛。」

可能是因為太痛了，所以伸手抓了，立克的脖子上出現幾條血痕。

紫苑從急救箱中拿出紗布跟消毒用酒精，雖然已經是四年前的東西了，但是這裡也只有這些東西。

「會有點痛喔，不要哭喔。」

「我不會哭。」

紫苑先幫立克擦拭傷口，用新的紗布蓋上，然後再用繃帶包裹起來。他只能幫他做基本的緊急處理，這已經是所有他能做的事了。

如果馬上說要送醫院的話，又要被老鼠嘲笑了。他也知道地處NO.6西區這一帶是不可能有什麼醫療機構的。

紫苑從嘔吐物裡撿到了一顆圓形的東西，應該就是它堵住了立克的氣管吧。

「果實？」

是一顆大樹的果實。

「為什麼吃這種東西……」

立克低頭不語。

站在旁邊、交叉著雙手的老鼠突然嘆了一口氣。

「他肚子餓啊。」

「啊？」

「應該是肚子餓到受不了了吧。那種果實磨成粉是可以吃的。他在收集果實的時候，肚子餓了起來，不自覺地塞進嘴裡……結果不小心吞下去了。大概就是這麼一回事吧。」

「立克總是肚子餓。」

女孩說。

「吃了媽媽的麵包，他還是覺得肚子餓。」

「那麵包很小啊，一、兩口就沒了。」

立克這麼說後，又輕輕地咳了起來。他的聲音沙啞，臉色也很差。

紫苑用毛巾將他裹起來。

「要保持溫暖喔。如果傷口還會痛的話，再來找我，我會幫你擦藥。」

「送他回去吧。」

聽到老鼠這麼說，紫苑抬起頭來。

「我嗎？」

「就是你啊。是你救了他，就好人做到底吧。他家就住在斜坡下面，不是很遠。我猜他母親應該開始擔心了吧。」

可是這麼一來，我這個樣子不就被大人看到了嗎？

紫苑站了起來，不知道為什麼卻發著抖。

「但是，我……」

「反正你一定要到外面去，不是嗎？如果這樣就猶豫不決的話，根本無法上街。我是無所謂啦，不過，如果你再這麼拖下去，孩子被雨淋濕了，可能會得肺炎喔。」

老鼠這麼一說，紫苑才想起來正在下雨，也才發現外面很冷。讓人從頭冷到腳的雨，是冬天即將來臨的前兆。

「我走了，接下來就隨王子您高興了。」

老鼠轉頭往地下室走去。

立克輕輕地打了一個噴嚏。

「謝謝。」

女孩突然抓住紫苑的手。

「什麼？」

「謝謝你救了我弟弟。」

「啊，不客氣。妳叫什麼名字？」

「火藍。」

「火藍？我母親也叫火藍。」
「真的嗎？」
「嗯。」
女孩微笑著，她的手很溫暖。
紫苑連人帶毛巾地抱起立克。
「我送你們回家吧。火藍，妳帶路。」

放在暖爐上的鍋子正冒著熱氣，鍋子裡面是湯。
老鼠一邊攪拌著青菜肉湯，一邊嘆了口氣。
發現自己在不知不覺中嘆氣，他慌張了起來。
湯不小心溢了幾滴出來，使用固體燃料的暖爐發出滋滋滋的聲音。
老鼠討厭嘆氣。
自發性的嘆氣他還能忍耐，但是這種不自覺從嘴巴裡溜出來的嘆息，實在讓他覺得厭惡無比。
「不要真心嘆氣！不要哭！否則魔鬼就有機可乘。」
一個早就不知道大自己幾歲的老婆婆這麼對他說過。

「嘆息會成為缺口，如果你想活下去的話，就閉起你的嘴巴，別讓人看見你的缺口！絕對不能對任何人敞開胸懷！絕對不能相信任何人！」

這是她在死前說的話。

明明被槍射穿胸膛，整張嘴都冒著血紅色的泡泡，但她說的話就是這麼清楚地傳達到老鼠耳中。

老鼠不想忘記她的話，不過即使他想忘記，可能到死也忘不了吧。那聲音縈繞在他的腦子裡，揮之不去。

但是，他卻違背了老婆婆的話，在不知不覺中，嘆了一個不像話的氣。

都是那傢伙害的……

老鼠嗤了一聲。

也許帶紫苑來這裡是個錯誤。他真心地這麼覺得。

他毫不猶豫開門、不懂得窺探外面的樣子，也不會先躲起來看看，就毫無防備地開了門。

如果運氣不好的話，這個動作就足以讓他丟掉性命。就算不是攜帶武器的士兵，也很有可能是攜帶武器的強盜叫小孩子來敲門。

紫苑並不知道會有這種事發生，他甚至不懂懷疑、不懂小心謹慎、不懂害怕。

他只有生存在絕對安全圈內的人有的遲鈍與毫無防備。

居然背負了一個既危險又麻煩的包袱。老鼠這麼認為。

沒有人強迫他，是他自願背負的。因為想要償還人情，他無法眼睜睜地看著不求回報救自己一命的恩人丟掉性命。

要是人死了，想報答也來不及。

他不想一輩子背負著無法償還的債，所以他才將紫苑救到這裡來。

可是，也許他太天真了，也許他把一個比預料中還要麻煩的人帶進自己的生活裡來了，一個遲鈍又不知防備、危險又棘手的傢伙……

他瞄了門一眼。

不過，如果紫苑沒有打開那扇門的話，立克就沒命了。

呼吸道堵塞的幼童不需要多久時間就會斷氣。

迅速的動作與適當的急救。

因為紫苑，他可以少看一具因為窒息而痛苦死亡的幼小屍體。

又有一條生命被拯救了。

跟四年前那個暴風雨的夜晚一樣。那個時候是老鼠，而現在是立克，紫苑無防備地接受他們、拯救他們。

腦筋頑固、只知道理論、個性過於天真、連「懷疑」兩個字都不會。不只單純還很笨，連哈姆雷特都不知道。

但是，他的確比自己優秀。

並不是在知識或是技術方面……

不是在知識或是技術方面，那究竟是什麼呢？

「因為你，你吸引著我。」

紫苑那令人臉紅心跳的表白率直地傳達了心中最真摯的情感，他就有那樣的能力，認為可以因此打動對方。

他的另一種能力，則是願意奮不顧身拯救與自己毫無關聯的外人。

難道是因為這些能力，老鼠才覺得紫苑比自己優秀嗎？

不知道。

不知道等於危險又棘手。非常……

有腳步聲。有人敲門。

門立刻開了，是紫苑回來了。

「既然敲門了，就等有人應門了再進來。」

「反正你一定不會應門啊。不過，你沒上鎖耶。」

「什麼？」

「門鎖，我以為你會上鎖。是專程為我打開的吧。」

對了，沒鎖門，真是太大意了。

「真是的，被你傳染了。」

「什麼意思？對了，他們送我葡萄當謝禮耶。」

一串營養不良的小葡萄。

「本來還說要給我魚乾，不過我謝絕了。」

「喔，原來窮人給你的東西，你也會不好意思拿啊。」

「不是，是因為你討厭吃魚。」

「我？我吃啊。我還沒好命到有挑食的權利。」

「你不是說過你討厭吃魚？」

「我是說我不吃生魚，意思是說，這裡的衛生條件讓我不敢吃生魚。」

紫苑眨了眨眼，摸摸自己的白髮。

「原來是這樣……不過這樣也好。」

「好什麼？」

「火藍她家，對了，那個女孩子叫做火藍。」

「我知道。」

「你知道啊。她跟我母親同名。」

「你母親叫什麼名字跟我一點關係也沒有。聽到她的名字讓你想起媽媽，淚流滿面嗎？真可憐。」

老鼠的話有點嘲諷的意味在，不過紫苑卻很正經地搖搖頭。

「不是。他們還有一個比立克小的妹妹，那條魚乾應該是那些孩子們的晚餐，三個人吃一條魚乾。幸好我沒拿。葡萄是他們硬塞給我的，他們很感謝我，我好開心。」

「是那樣嗎？」

「什麼？」

「如果那孩子死掉的話，火藍跟另一個孩子就能多吃一點啊。就連立克，與其餓著肚子長大，不如早死早超生，你不覺得嗎？也許你多管閒事了喔。」

紫苑在暖爐前坐下。

白到近乎透明的頭髮被染得火紅，年輕的髮質即使失去了色素，仍然保留原有的光澤。

真漂亮。

老鼠伸手觸摸被周遭的顏色染紅、顯得耀眼奪目的頭髮。稍硬卻很滑溜的觸感，就像一般人的頭髮一樣。

「你不是說過好死不如賴活著？」

紫苑對著火焰這麼說。

「你說活著才有意義，要我活下去，不是嗎？」

「我只是說活得下去的人才是贏家。」

「不是一樣的意思嗎？」

「我哪知道。」

死人不會說話，只會變成屍骨橫躺在地，最後回歸大地。

死人無法述說怨恨、淒慘、哀怨、憎惡、悲傷。

所以要活下去，活著記憶一切，然後告訴別人。

NO.6。

那個城市是一朵失敗的花朵，開在任何文獻上也找不到的無數的屍骸與大量的鮮血上。

有一天我一定會將它連根拔起，讓死者的聲音、怨恨、淒慘、哀怨、憎惡、悲傷佈滿大地，讓那些人即使塞住耳朵也甩不掉這些東西。

我要活著記憶到那一天的到來，絕不允許忘記，我絕不允許自己忘記。

「我被稱讚了。」

紫苑抬頭，看著老鼠笑了。

「你被稱讚了？被稱讚什麼？」

「頭髮。火藍的母親說我頭髮很漂亮，說我這種顏色很罕見，非常漂亮。」

老鼠聳聳肩。

「那當然很罕見啊。這附近因為營養不良而長出白頭髮的孩子到處可見，可是像你這樣一頭白髮的人，大概是找不到吧。」

「她不只說罕見，而且還說很漂亮喔。」

「你一個大男人這麼喜歡被人稱讚頭髮嗎？」

「不過，我好像有自信了，你明天不是要帶我上街嗎？」

「誰說要帶你上街？」

「你啊。」

的確是說了，是老鼠自己開口說要帶他上街的，只不過當時是像個賭氣的孩子一樣隨便說說而已。

老鼠避開紫苑的視線。

「我走我的路，你愛怎樣就怎樣。」

「嗯，我會自己走的。啊，對了，」

「還有什麼事？」

「我答應火藍和立克，如果有時間的話，要唸書給他們聽。我找到不少童話故事書。」

「在這裡嗎？」

「天氣好的時候，也可以在戶外。」

老鼠又想嘆氣了。

他緊緊閉住雙唇，努力忍耐著。

「你打算把這裡變成幼稚園嗎？」

「這附近有那麼多小孩嗎？」

「非常多。這裡是我家，你別亂搞，別太得意忘形了。」

老鼠的口吻變得很粗魯，他突然覺得非常焦躁，跟紫苑在一起會讓他覺得焦躁，無法控制自己。

他不覺得紫苑亂搞，也不覺得紫苑得意忘形，只是讓他看不透、無法預測紫苑會做些什麼。

紫苑的行動及話語總是趁他不備之時襲擊過來，讓他覺得非常疲憊。

紫苑在桌上放了兩個大盤子。

熱湯煮好了，屋裡飄著柔和的香味。

「我並沒有得意忘形……我只是想跟火藍他們做朋友……」

「啥？」

「朋友，他們是我來到這裡第一個交到的朋友。不過，我在ＮＯ．６也沒什麼朋友就是了，大概也只有沙布一個吧。」

「那個女人說想跟你睡，不算是朋友吧？」

短髮、脖子的髮際非常漂亮的少女。

**紫苑，我想跟你做愛。**

紫苑卻無法接受少女發自內心的告白。

妳愛上一個無藥可救的男人了啦。

老鼠在內心裡對著幾乎算是素不相識的少女這麼說。

不知道為什麼，他突然覺得很可笑。

「什麼？」

紫苑不解地歪著頭。坐在書堆上的兩隻小老鼠也學著紫苑歪頭。

老鼠快要笑出來了。

他蹲下來，任由自己發自內心地爆笑出來。

雨在上午就停了，然而雲卻沒有散去，快到傍晚了，地面上還是冷颼颼的。

走在人群中的老鼠，腳步很快。

紫苑走在後頭，拚命地追著老鼠的背影。

好累。

不斷與人擦撞，遭人怒罵。路人好奇的目光不斷投射在自己頭上；四周的味道全混雜在一起，根本無法分辨是從哪些地方傳出來的；路上泥濘到腳幾乎抽不出來；道路兩旁並排的商店是用木板及帳篷搭建的；肆無忌憚從店裡竄出來的油煙；來來往往的怒罵聲、撒嬌聲、販賣商品的聲音。

紫苑覺得眼花撩亂。

雖然紫苑被趕出NO.6的高級住宅區「克洛諾斯」，搬到人多嘈雜的傳統商業區下城，但是跟這裡比起來，下城就像是個寧靜的休養之地。

在主要道路上，不但交通工具的前進方向受到管制，連人走路的方向也一樣，原則上禁止突然往反方向走或是站著不動，所有人都很整齊地往同一個方向走，很少會跟別人碰觸或是被熟人叫住。在那裡完全不會發生突發狀況，管理就是如此森嚴。

突然，旁邊有人大叫。

在同一時間，紫苑被撞開了，他跌跌撞撞地跪在泥濘上。身旁有幾個男人跑過去，其中有一個人抱著的東西，掉在紫苑面前。是柳橙。

「小偷！」

有一個肥胖壯碩的男人從木板屋的店內衝了出來，手上還拿著一把槍。

「小偷！誰快幫我攔住他！」

沒人願意幫忙。

有人偷笑、有人毫不關心、有人不知道在喊些什麼，而被叫做小偷的男人們就混在這樣的人群中。

紫苑屏息。

路人發現那個胖男人手裡持槍之後，全都急忙蹲下。

他還有理智嗎？

應該沒有。居然想要在人來人往的大街上開槍，這個人腦筋一定有問題。可是他看起來非常認真，舊式長槍就這麼瞄準前方。

竄逃的男子撞倒了一名老婆婆，老婆婆嘟囔了些什麼之後，又搖搖晃晃地往路中央走去，並沒有注意到槍，可是，胖男人的粗手指已經準備扣下扳機了。

就在胖男人那隻長著黑色毛髮的第二節手指關節即將扣下扳機前，紫苑用盡全身的力氣撞了胖男人一下，設法讓槍口朝上。

手掌心傳來一陣強力的衝擊，隨之而來的是幾乎要震破耳膜的槍聲。槍就這樣朝著漸漸昏暗的天空開火了。

紫苑晃了一下，他的腳被用力撞開，然後整個人被壓在地上。他幾乎無法呼吸了。

「你這傢伙在做什麼！」

紫苑的視線全被揮槍的胖男人佔據了。他下意識避開，沒想到胖男人卻以和外型毫不搭軋的俐落身手，迅速踢了倒在地上的紫苑的肚子一腳。

「呃！」

紫苑已經發不出聲音來了，胃裡的東西全都快吐出來了。

「你也是同夥嗎？可惡！居然偷我的商品。」

胖男人的鞋子發出一股如同獸脂般的臭味。帶著那個味道的腳再度往紫苑的腹部襲來。

「我不認識他們。」

他辛苦地躲過對方的攻擊，並這麼喊叫著。如果不叫，一定會被踢死。然而，胖男人卻沒有要停下來的意思。

「我不是他們的同夥……你弄錯了。」

「少囉唆，你看他們都逃走了，就是因為你在這裡作梗。」

「如果我不阻止你的話，你可能會打死人……你在這裡開槍，如果傷到無辜的人怎麼辦？」

沒想到，胖男人居然笑了起來。路旁也發出幾個人的笑聲。

「那又怎麼樣？」

胖男人笑了，空氣中飄著一股動物的腥味。

「那干我什麼事？啊？」

胖男人恢復正經的表情，突然一把抓住紫苑的頭髮。

「奇怪的頭髮，看了就討厭。」

胖男人使勁地揪住紫苑的頭髮，紫苑痛得要命，頭皮彷彿就要被拉掉了。只是，屈辱與憤怒的感覺卻比身體的疼痛更讓紫苑激動。

「住手！」

住手！放開你的手！別把人當家禽一樣看待。

他用力撞上男子的身體，感覺手肘幾乎要陷入男子肥胖的肚子裡。

「哦！」

男子發出含糊不清的呻吟聲，然後跪了下去。

不知不覺，四周已經形成一道人牆，圍觀的人群中響起拍手聲、口哨聲及笑聲。

「好耶，年輕人！幹掉他。」

「老頭子，快殺了他，別拖拖拉拉的。」

沒有人制止，只是圍在四周看笑話。紫苑在人群中尋找灰色的眼眸，然而卻沒有看到。

「你好大的膽子……」

隨著彷彿野獸般的低吼聲，紫苑的臉頰被揍了一拳。他的眼睛裡冒出火花。

有一瞬間，他的視線一片黑暗，嘴裡冒出溫熱的東西，愈來愈多。沒辦法，紫苑只好吐出來，混有血絲的唾液濃稠地落在泥土上。

「居然敢撞我。」

男子的臉脹紅了，氣得發抖。他的雙眼充滿血絲，微血管像張紅色網子浮出他的眼球。看來真的有殺意了。

「我不會輕易放過你的。」

他舉槍對準紫苑的眉間。

紫苑嚇得都忘記閉上嘴巴，心臟彷彿快跳出來了。

沒有一個人企圖阻止，這麼多人圍在旁邊，卻沒有一個人出手制止男人。

紫苑好想吐，他已經無法判斷眼前的槍口是真實還是幻影。

「喂！」

旁邊傳來一陣粗獷的聲音。是站在店頭烤肉的男人。冒著濃煙的網子上，並排在上面的肉看起來黑黑的。

「別弄髒我的店門口。」

「我哪有弄髒。」

「你就快弄髒啦，要是等會血跡或是腦漿噴出來，食物就會變難吃，去別的地方解決。」

「哼，快臭掉的肉當然難吃。」

「什麼？臭掉的肉？你還不是賣那些快爛掉的水果跟青菜，有資格說我嗎？」

「我的商品都很新鮮。」

「少說笑了，這種時節，上面不是會有很多蒼蠅飛來飛去嘛。就算沒臭掉也都快變成爛菜了吧。」

「可惡，居然敢這麼說我。」

就在男人們互毆的同時，紫苑站起來跑了。

「啊！可惡！站住！」

背後響起胖男人的怒吼聲。

紫苑沒空回頭，想到自己可能會從背後中槍，這樣的恐懼感讓他全身抖縮，連腳都不太聽使喚了。

「這邊。」

有人抓住他的手。

「往這邊，快點。」

紫苑被拉到建築物與建築物之間的狹窄小巷裡。他靠在牆壁上喘氣。

「你還好吧？」

紫苑抬起頭。女子微笑著，紅紅的嘴唇在微暗的天色中顯得搶眼。紫苑只看到紅紅的嘴唇晃動著。

「哎呀，嘴角都裂開來了，都流血了，一定很痛吧，你真可憐。」

強烈的香水味竄進紫苑的鼻子裡。

「謝謝妳。」

紫苑調整好氣息後，開口向女子道謝。幾秒鐘的沉默後，女子突然笑了出來。

「我不知道幾年沒聽到別人向我道謝了。你的頭髮真特別，小哥。」

「嗯……發生了一些事……」

「大家都是有過去的人，我也是啊。」

這麼冷的天氣，這名女子只穿了一件露肩的薄洋裝。胸前還露了一大塊，豐滿的乳房若隱若現。

但是，胸前的白皙比嘴唇的鮮紅更加醒目，烙印在紫苑的眼中。

「你看，這裡，有被火燙傷的痕跡吧？這是以前被男人用燒燙的鐵棒燙的。我吃了很多苦，不過你看，現在看起來很像是一條蛇吧？好像有一條蛇爬在我身上。」

蛇我也有，而且是纏繞全身。

紫苑這麼想，但是他並沒有說出口。

女子繼續笑著。

「小哥，你還沒有經驗吧？」

「什麼？」
「我來教你吧。我家就在前面，上去玩一玩吧，如何？」
「啊？」
「我說我們來玩！」
女子的聲音裡滿是焦躁。
「晚上之前我都沒事，你別擔心，我不貴，一起玩吧？就這麼決定。」
女子的手繞上紫苑的脖子，將他推向牆壁，嘴唇就這樣蓋了上來。
好濃的胭脂味，紫苑覺得頭暈目眩。
溫熱的舌頭從齒間滑進，纏上紫苑的舌頭。
他反射性地推開女子。
「你幹什麼！」
「不是……因為……這個……」
「你在囉嗦什麼啊，我救了你耶，當一下我的客人又如何！」
「客人……可是我……」
「你如果不想的話，我也無法勉強你啦，不過我們已經接吻了，你至少要付這筆錢。」

「哪有這樣的。」

女子撇著嘴，聲音聽起來甜甜黏黏的。

「別這樣扭扭捏捏的嘛，你也是個男人吧？我們好好玩一玩啦，我會讓你很盡興的，到我家去好嗎？小哥。」

「不……不用了。」

白皙的手再度纏上來。

「很抱歉，那傢伙是我的人。」

老鼠就站在小巷的入口處。

「你說什麼？」

女子皺起眉頭。

「他是我的人，請還給我。」

老鼠伸出手來示意紫苑過去。

原來如此，女子抬起下巴微笑著。

「是這麼一回事啊，難怪反應這麼遲鈍，原來小哥對女人沒興趣啊。」

「啊？沒那回事。」

老鼠伸手摀住紫苑的嘴巴，對女子笑著說：

「就是這麼一回事。這傢伙現在對我著迷得很，所以再怎樣的天仙美女約他，他也不會有反應的。」

女子聳聳肩。她看了紫苑一眼，繼續開口要錢。

「你的興趣我管不著，不過接吻的錢總要付，銀幣一枚。」

老鼠噗哧笑了出來。

「那個吻要銀幣一枚？真貴啊。」

「就是有那個價值啊。如果他付不出來，那就你幫他付吧，你們不是情人嗎？幫他付錢不為過吧。」

「說得也是。這麼辦吧，能找錢嗎？」

「找錢？」

老鼠朝女子走去。他抓住試圖想要後退的女子的手，將她拉向自己。

「你要做……」

老鼠的嘴唇印上了女子剛要說話、半開的嘴唇。就在紫苑的面前。

稍微抵抗後，女子的身體不動了，只有毫無防備的喉嚨咕嘟地上下擺動。

遠處傳來狗吠聲。

一隻褐色的老鼠從紫苑的腳邊竄過。

離開女子的嘴唇，老鼠問她：「如何？」

「還不錯。」

女子回答。

「不過還不到找錢的地步。」

「真是可惜。那麼，這個就送給美女囉。」

老鼠將柳橙遞給女子後，便轉身拉起紫苑的手。

「走吧。」

「小哥，別讓那個男人去了你的骨氣啊，太浪費了，你也該學學如何跟女人玩。」

雙臂交叉的女子在後頭喊著。

兩人走回人群。剛才如此讓他覺得困惑的人群與雜亂的味道，如今讓他覺得安心。

「為什麼啊？」

老鼠走到喃喃自語的紫苑身旁。

「什麼為什麼？」

「為什麼我是『小哥』，你卻是『那個男人』？」

「人生經驗不同吧。」

「而且她說我反應遲鈍。」

「你是遲鈍沒錯啊，特別是在女孩子方面。我是不是做錯了？打擾了你的初體驗？」

老鼠呵呵地輕笑著。

「老鼠。」

「嗯？」

「你從什麼時候就在旁邊看了？」

「從你撞那個胖男人開始吧。」

紫苑停了下來。後面的人因此撞到他，非常生氣地罵了他一頓。

「為什麼不來救我？」

「我不是救了嗎？你差一點就被魔女給吞進肚子裡了耶，從頭一口一口地吃下肚。」

「可是，我原本是被槍桿子瞄準耶。」

「少天真了。」

灰色的眼眸裡閃著如刀刃般銳利的光芒。

老鼠的笑容總是在瞬間就消失無蹤。

「我醜話講在前頭，紫苑，在這裡，想要靠別人保護是活不下去的。自己想辦法保護自己吧。靠別人是活不下去的，這件事你得要牢記。」

老鼠哼地轉頭，大步邁開腳步往前走。

紫苑清楚感覺到自己臉紅了。

沒錯，是自己太天真了，認為老鼠當然會來救自己。這樣一直依賴著老鼠實在是太不要臉了。

明明希望能跟他站在對等的位置上，卻認為他理所當然應該保護自己，真是可恥。

紫苑走在將超纖維布當作披風披在肩膀上的背影後面。

「不過，你剛才做得不錯了。」

老鼠稍微減緩走路的速度，這麼對紫苑說。

「剛才？」

「我講那個胖男人啊，你還懂得找時機逃跑。」

「噢，你說那時候啊，我就是一心想逃，感覺那個男人真的會開槍打我。」

「他應該很認真吧。如果運氣不好的話，你那顆頭也許已經被打成兩半，滾到路邊去了吧。」
「我不敢想像，一想就覺得全身冒冷汗。」
紫苑的身體真的在顫抖。他褲管的膝蓋跟上衣的下襬都沾滿泥土。正當他打算拍掉泥土的時候，突然被什麼絆了一下。
「哎唷。」
他一時重心不穩，身子往前傾。好不容易才站穩腳步，結果回頭看到一雙腳，一雙沒有穿鞋子的腳。這個人的上半身在黑暗的小巷裡。
睡著了嗎？怎麼會睡在這種地方？
「先生……你聽得到我說話嗎？」
紫苑試著叫他。這時，後面有一股強大的力量把紫苑往後拉。
「你夠了吧。再不快走，天就要全黑了。真是的，為什麼這麼喜歡東逛西晃的呢！」
老鼠感到很不屑。
「可是，如果這個人一直睡在這個地方，他會失溫吧？」
「他的身體不會更冰冷了啦，他已經死了。」
「什麼！」

旁邊賣衣服的女人開口說話了。

「喂，你們兩個如果認識那傢伙的話，就快點幫他收屍吧。放在那裡很礙眼耶。」

老鼠輕輕地搖頭。

「怎麼可能，我們連看都沒看過這個老頭。」

「是老婆婆，乞討的老婆婆。真是的，什麼地方不死，偏偏死在我們店旁邊，可惡！」

「節哀順變囉，妳得好好安葬她喔。」

「囉唆，小鬼頭。」

女人揮動手裡紅色的布嚷嚷著。她的手臂和紫苑的大腿一樣粗，如果被打到了，一定會飛出去。

老鼠拉著紫苑往前走。紫苑想起了如同枯枝般的雙腳，穿著上等西裝褲與皮鞋的交疊的腿。

那是紫苑在NO.6的森林公園的一角看到的腳，從長椅子後面露出來的那雙腳。是他看到的第一具屍體，同時也是第一具被怪蜂殺死的犧牲者。

「不是那個東西殺的啦。」

老鼠帶著淺笑說，似乎看透紫苑心裡在想什麼。

「那個老伯……是老婆婆，並不是被寄生蜂殺死的。應該是因為飢餓或是寒冷，不，是因為飢寒交迫，所以才踏上黃泉路的。這樣的季節就快到了。」

「這樣的季節？」

「冰凍的季節就快到了。老年人、孩童、病人……弱者將會不斷死亡。淘汰的季節啊。」

「淘汰的季節……」

紫苑喃喃地說著。

天氣彷彿冰品一樣地冰冷，卻沒有冰品的甜美。只有單純的嚴寒。紫苑覺得舌尖都麻掉了。

「紫苑，你說一旦春天到了，寄生蜂出動後，那座神聖都市裡會出現多名犧牲者吧？」

「嗯。」

「在這裡，每天都有人死，特別是冬天死的人更多。被蜂寄生而死跟餓死凍死，你覺得怎樣比較痛快？」

紫苑下意識地將手放在脖子上。他脖子靠近肩膀的位置還留有傷痕，被切開的痕跡。那傢伙就生存在這底下，儘管那隻怪蜂孵化失敗，呈現半溶解的狀態，但牠還是試圖咬破自己的皮膚，飛到外面來。

那樣激烈的疼痛、苦悶及絕望，至今仍歷歷在目，他不想再度品嘗那種滋味。但是，他無法跟老婆婆的死做比較。因為他不曾嘗過飢餓或是寒冷的滋味。

「老鼠，那個人會怎麼樣？」

「哪個人？」

「就是……那具屍體，應該不會就那樣放著不理吧？」

「當然不會。雖然是凍死的，但是如果一直放著不管，屍體還是會腐爛。在腐爛之前，野狗跟烏鴉就會圍過來，到時候就真的無法收拾，所以會有人去處理的啦。」

「這裡有像是共同墓地的地方嗎？」

「墓地？這裡沒有可以分給死人的土地。『善後者』會來收拾。你看，那裡是不是有一群人坐著吃肉？看到了嗎？」

老鼠手指的方向，有幾名強壯的男人坐在破舊的帳篷下，吃著肥滋滋的肉，大聲喧譁著。旁邊還有一隻瘦到皮包骨的狗，拚命舔著滴到地上的肉汁。

帳篷的旁邊有一個很奇怪的交通工具。腳踏車的後面掛著一輛有輪子的台車，上面載著一個很大的籠子。

「那些人就是『善後者』，收了錢就會負責幫忙處理屍體。像剛才那個女人那樣，有一些倒楣鬼會不情不願地付錢請他們收拾。有人死在自己店旁邊，是一件很困擾的事情，但是要自己丟到別的地方又覺得噁心，而且過意不去。沒辦法，只好自認倒楣，付錢請『善後者』來處理了。這裡到處可以看到倒在路旁、無親無故的屍體，所以這門生意還滿好賺的喔。」

「他們會好好埋葬屍體嗎？」

「會燒掉。他們會將屍體集中在一個地方燒掉。也算是火葬吧。不過沒有超渡唸經那種門面東西就是了。」

紫苑的視線對上坐在正中間、正吃著肋骨肉的男人。

滿嘴肉油沾滿稀疏鬍碴的男人，咧嘴一笑，然後站起來，走了過來。他隨手將骨頭一丟，那隻骨瘦如柴的狗馬上撲了上去。

「唷，小兄弟，一起過來吃吧？」

他一伸手就抓住了紫苑的頭髮，紫苑連躲都來不及。

「哎呀，我以為是假髮哩，原來是真的啊，你的頭髮很特別嘛。」

「咦，這好玩，我沒看過這種顏色的頭髮，像洋娃娃一樣漂亮，對吧，大哥？」

同夥的男人們在後面露出低賤的笑聲。紫苑往旁邊一看，老鼠已經在不知不覺中消失了。

「放手！」

「別這麼大聲嘛，我們一起喝酒吧，也有肉吃喔。」

「我叫你放手！」

但是，身強力壯的男人卻不甩他，絲毫不放鬆。混雜著肉與酒的口氣噴到紫苑臉上，讓他不由得別開臉。

老鼠。

紫苑緊咬下唇，忍住想要呼喊這個名字的衝動。如果自己不想辦法保護自己的話，是不會有人來搭救的。

紫苑放鬆全身的力氣。

「好吧。」

「啊？」

「好吧，就讓你請一杯酒吧。」

「真的嗎？這才對嘛，小兄弟，跟我來。」

男人的力道稍微放鬆了。紫苑趁隙抬起腳，朝男人的胯下用力一踹。

「呃！」

男人發出含糊的呻吟聲，就這樣蹲了下去。紫苑乘機越過彎腰低下的背，拚命往前跑。

怎麼自己好像一直在逃命呢？

這樣的想法瞬間掠過紫苑的腦海，但是馬上就消失無蹤了。

他全力往前跑。往來的行人愈來愈少了，正好。他不想再往小巷裡鑽了，只管一個勁兒地往前跑，彷彿只要停下腳步，就會被追兵抓住。

「啊！」

他腳底滑了一下，身體在一瞬間飛上天，然後又墜地。一陣劇痛襲向他全身。

「啊！哇～」

紫苑就這樣不斷地往下滑，滑下那道灰色水泥斜坡，與其說是斜坡，根本就是一座非常陡的溜滑梯。紫苑就這樣滑了下去。

紫苑閉上眼睛，雙手護著頭。突然，他失去平衡，整個人翻了一圈。

眼前一片黑暗。

正當他快要喊出聲時，他聞到了潮濕土壤的味道。他已經著地了。土塊飛進他的嘴裡，害他不斷咳嗽。他就這樣仰躺在地上，心臟像是打鼓般地跳動，呼吸有點困難，而且全身到處都痛。

嘴裡充滿了泥土的味道及口感。

他從來沒想過，原來泥土其實有些甜甜香香的。

紫苑看到了星星，漸漸漆黑的天空中，閃爍著星光。天空不是黑色也不是藍色，是介於靛和紫之間的顏色。

真是太美麗了，彷彿靈魂都要被吸了進去。紫苑從未放任自己投身大地，欣賞過星空。

原來在自己的頭頂上，一直都存在著這樣的美。

突然，傳來一陣微弱的腳步聲，紫苑隨即聽見一個有些悲涼的叫聲。溫熱的舌頭慢慢地舔著紫苑的額頭到頭髮。

「是你啊……」

是那隻狗，待在那些男人身邊那隻骨瘦如柴的狗。牠不斷地舔著紫苑的頭。

「你在擔心我嗎？」

當紫苑這麼說的同時，他才發現，被男人的手抓住時，肉的油脂跟肉汁全都沾到頭髮上了。這隻狗正專心地舔著沾了肉汁的銀髮。

「好了，夠了啦。待會兒我的頭髮會被你的口水弄得黏糊糊的啦。」

紫苑坐起身，慢慢地站了起來。

並沒有激烈的疼痛，看來並沒有骨折或是挫傷。他環顧四周，非常驚訝。

「這是……」

這裡是一座廢墟。

# 3 魔與聖

人為魔物，虛無不存在世上。

（《西鶴諸國咄》序，井原西鶴）

紫苑滑下的斜坡，是一根倒下的巨大石柱。仔細一看，柱腳上還刻著女人披著薄衣裳的模樣。

原本可能是天花板的部分，幾根生鏽的鋼筋從裡頭露了出來，呈現拱門狀，上面還纏著幾根乾枯的藤蔓。

崩塌的牆壁碎成大小石塊，散落一地。

如果剛才頭敲到那些石塊的話……

好恐怖。

對紫苑而言，他從沒看過這樣的景象。

NO.6當然不會有廢墟。那裡的建築物全都配合用途，以效率及機能為第一考量建造而成。

像這些歷史悠久、受風吹雨淋、四處崩塌的殘骸等，眼前的景象就如同夢境，並不屬於現實。

紫苑吸了一口氣，再度緩慢地環視四周。

一陣風吹了過來。廢墟依舊是廢墟，快要崩塌的牆壁又掉了一部分下來，響起微弱的清脆聲響。

「老鼠。」

紫苑出聲叫。

他並不是要求援，只是想叫叫看而已。

「你在吧，出來吧。」

「你的第六感還滿準的嘛。」

頭上響起聲音。

紫苑一抬頭，看到老鼠就坐在幾公尺高的窗邊。

雖然說是窗，但是也只有窗框而已。長方形的黑色框框，好像陸續崩塌的牆張著嘴尖叫。

老鼠從數公尺高的地方跳了下來，落在柔軟的土壤上。

「你的動作真敏捷。」

「能得到陛下您的讚美，真是小人的光榮。」

「厲害，你逃命的速度也很快。」

老鼠聳聳肩，忍不住笑了出來。

「你已經會挖苦我啦。你也很厲害嘛，長大了喔。」

「走一趟那個市場，就增加了十年的經驗。」

老鼠的手在紫苑眼前揮了揮。

「差點被槍打死、被女人勾引、踢到死人、被男人看上。沒錯，對你這種少爺而言，的確可以匹敵十年。但是……」

「嗯？」

「你逃命的功力真的增加了，比遇到那個胖男人的時候，更加得心應手了。」

「你說『善後者』嗎？」

「對，那個大叔看起來非常喜歡你，如果你真的被抓進去，我看情況就不妙了。」

「那就不要只顧著自己消失啊。」

「我不想捲入不必要的糾紛。反正你也很順利地逃出來啦。不過，那群人沒那麼容易放棄喔，你那麼引人注目，皮繃緊一點啊。」

「感謝您的忠告，陛下。」

「唷，回嘴的速度也變快囉。」

這次老鼠只有發出輕微的聲音，笑了一笑。那隻皮包骨的狗慵懶地趴在地上，左右搖晃著尾巴。

剛才市場的喧譁彷彿一場夢。這個地方寂靜無聲，所有的聲音似乎都被瓦礫堆吸了進去。

「老鼠，這是什麼地方？」

「你覺得呢？」

「我不知道，我覺得原本應該是大型建築物……」

「是飯店，這裡是飯店。對面還有醫院，隔壁應該是劇院吧……詳細情況我也不太清楚。」

飯店、醫院、劇院……

「那這裡真的曾經是一條很繁榮的街道耶。」

「應該是吧，我不知道所謂繁榮的街道是什麼樣子，不過至少這裡以前不是到處看得到屍體的一個地方。」

「以前？」

老鼠凝視著紫苑的眼睛。

「在NO.6出現以前。」

紫苑並不驚訝，他早就料想到了。

他的手握起拳頭。

「我們上的第一課，就學到NO.6成立的經緯以及本市的歷史……」

「是喔。」

「老師告訴我們，上一世紀末，世界各地爆發大型戰爭。在我們出生之前，因為人類大量使用化學武器和炸彈，導致大地荒蕪，氣候條件明顯惡化，不管是否是發生戰爭的地方，除了少數的例外之外，幾乎所有土地都失去了讓人類賴以生存的條件，犧牲的人愈來愈多。生存下來的人類發誓再也不戰爭，然後在僅存的例外之地，建造了六處桃花源，NO.6就是其中之一……」

「原來你們是這麼學的啊。」

「嗯。」

「你一直都深信不疑？」

「我一直認為那是事實。」

「第一次見到你的時候，你說你不認為ＮＯ．６是個理想的城市吧。」

「對，我說過。」

「那是隨便說說的嗎？」

「不，那是我的真心話。只是在遇見你之前，我還不清楚自己真正的想法，直到認識了你……我才發現的。」

沒錯，認識老鼠之後，紫苑才發現、才聽得見自己內心嘎吱作響的聲音。

他一直覺得喘不過氣來。

ＮＯ．６幾乎不缺乏任何東西：豐富的食物、溫暖的睡床、完善的醫療設備，這些都輕而易舉就能得到。更別說那些在兩歲的時候，被市府的健診制度認定為最高層級、能夠入住高級住宅區「克洛諾斯」的人了。政府在各方面都為他們準備好了最高級的環境。

在紫苑十二歲生日那個颱風夜，遇到老鼠之前，他的周圍也全都是最高級的東西。然而那一天，面對窗外風雨交加的景象，紫苑感受到的是讓他全身熱血沸騰的破壞衝動。

紫苑悶得快受不了了。就像被囚禁的動物衝動地撞擊欄杆，想要逃走一樣，紫苑也想從包圍著自己的無形欄杆中被解放。

他內心最深沉的潛意識開始對他喊話：

這裡很虛偽。

在這裡什麼都能得到。

但是卻什麼都沒有。

在這裡無法生存。

所以快逃。

去破壞吧。

盡情地破壞吧。

破壞什麼？

一切。

一切？

當那個聲音跟老鼠丟出來的話重疊時，紫苑才發現：

我不知道真相，什麼都不知道。

老鼠的視線避開了紫苑。他轉身背對紫苑，但是紫苑卻抓住他的手。

「老鼠，告訴我吧！」

告訴我真相吧……

不要謊言、沒有敷衍，請告訴我神聖都市NO.6真正的模樣吧。

老鼠粗暴地甩開紫苑的手。

「我不是你的保母，如果你想知道的話，就靠自己的力量去發掘。」

紫苑的手再度被甩開。

不管他再怎麼試圖懇求，一樣被拒絕，老鼠毫不留情地拒絕他，但是他仍然不斷地伸出手。

那條瘦狗靠了上來。雖然全身是骨頭，但是仍然溫熱，非常溫熱，是活生生的生物所擁有的溫熱。

「你該不會在同情我吧？」

下垂的淡咖啡色耳朵動了動，看起來像是在笑。瘦狗走到開始向前走的老鼠身旁，老鼠輕輕地撫摸牠的頭。

「你對狗很溫柔嘛。」

「因為狗不像你一樣愛依賴人。」

「但是狗不會縫。」

「什麼？」

「傷口啊。急救箱裡還有縫合工具啊，如果你又受傷的話，我會好好幫你縫的。」

「喔，你說那個令我冒冷汗的小手術嘛，那還真多謝啦！我有好一段時間，天天都夢見你當時的表情！」

「我的表情那麼好看嗎？」

「你要下針的時候，居然在笑耶！一臉高興到受不了的樣子。每次一夢到，我就會驚醒過來。」

「因為我有生以來沒做過縫合手術嘛。我還記得當時我很興奮。對了，線是你自己拆的嗎？」

「當然！比熬湯簡單多了。」

「有痕跡嗎？」

「有，但是不能給你看。」

「小氣鬼。」

小心腳邊！老鼠大叫。

「從這裡開始有樓梯了，我們要上樓了。」

夕陽西下，夜幕低垂。

跟牆壁一樣半崩塌的樓梯，緩緩地往右彎，一直延伸到上方。

這裡還有天花板，原本應是漆成白色，現在雖然斑駁脫落，但還是處處可看到殘餘的白色痕跡。樓梯的平台上方還留著水晶燈，而且讓人驚訝的是，水晶燈幾乎是完好無缺的。

「這裡以前……真的是飯店嗎？」

「現在也是。」

「什麼？」

「現在還是當飯店在使用。」

「怎麼可能。」

兩人走上階梯，那是一個寬敞空曠的空間，也許原本是飯店的大廳。從地板到天花板全都鑲著玻璃，雖然上半部已經破碎，玻璃散落一地，但下半部還是完好的，還有褪色殘破的厚窗簾沉重地吊著。

長春藤縱橫緊密地附著在牆壁上，大概是從毀壞的窗戶玻璃竄進來的。藤蔓攀爬的模樣讓人聯想到微血管，地面上還有厚厚的一層落葉。
在漸漸漆黑的室內能看到這麼多東西，全都拜一束微弱的光線所賜。正中央的石桌上，有一盞蠟燭在燃燒著。
「老鼠，你有沒有聞到一股味道？」
「是蠟燭的味道吧。」
「不，不是，不是蠟燭……是一種野獸的味道……」
老鼠笑了出來。
「你真的愈來愈厲害了，連嗅覺都變得這麼敏銳。接下來，也要鍛鍊一下視覺喔。你看。」
「啊……」
在光線照不到的黑暗處，有影子在動，但那並不是人類。有四隻腳、豎起來的耳朵，以及威嚇的低吼聲。
「是狗。」
那是一隻高大的狗。全身覆滿茶褐色的短毛，帶著猙獰的眼神，低聲咆哮著。
紫苑不自覺地往後退。
「不只一隻喔。」

老鼠的聲音聽起來有點愉快的感覺，他在享受紫苑的反應。

紫苑雖然想回瞪他，卻沒有那個餘力。

在最前面一隻的後面，還跟著好幾隻體型和毛色都不一樣的狗，一隻隻從黑暗中現身。牠們不像寵物狗，每一隻都髒髒的、帶著兇惡的目光，露出可怕的獠牙。

「這裡是野狗的巢穴嗎？」

「也許喔。你打算怎麼辦？逃嗎？拖拖拉拉的話，可能會被牠們喀光喔。」

褐色的狗慢慢地接近紫苑。

狗兒已經不再低吼，不過牠雖然沒有發出聲音，但是視線仍然緊盯著紫苑，一步步地靠近。

紫苑也凝視著那雙和狗毛同樣褐色的眼睛。紫苑感受到在猙獰兇猛的眼神背後，竟帶著一股沉穩。

是理性嗎？

紫苑彎下腰，跪在地板上。穿著牛仔褲的膝蓋下，傳來玻璃碎片的聲音。

老鼠依舊走動，但是紫苑卻一動也不動。他跪著凝視狗兒。

狗不動了。

牠停在紫苑的面前，然後舔了舔紫苑。用牠淡粉紅色的舌頭舔了一下紫苑的鼻頭，然後當場趴了下來，打起哈欠。

其他的狗也開始有所動作。有的互相舔來舔去，有的趴下來睡覺，有的到處嗅著，似乎絲毫不在乎紫苑的存在。

「面試通過囉。」

紫苑抬頭看著老鼠，笑了起來。老鼠則是不爽地咋舌，偏頭不理紫苑。

「你不怕野狗嗎？」

「怕啊，但是野狗不會點蠟燭。」

「哼，你根本連真正的蠟燭都沒看過。」

「我現在看到啦。比我想像中還亮。對了，老鼠，這裡有人住嗎？」

突然響起一陣笑聲。笑聲迴盪在廢墟之中，然後消失在黑暗裡。

「歡迎光臨，客人。」

的確是人的聲音，卻沒有看到人。

聲音迴盪在這個空間，無法確定是從哪裡發出來的。四周飄蕩的嗡嗡響聲令人有些頭昏。

「你玩夠了吧。」

老鼠撿起腳邊的一塊石礫，朝著剛才狗群出現的黑暗處筆直地丟過去。石礫看似被吸進黑暗，卻鏘地一聲，傳回扎實的聲響。

「危險啊。」

這次，那個聲音不再飄散，集中在一點傳進紫苑的耳中。

是一個年輕人的聲音。

黑暗中亮起了火光。

「你打招呼的方式未免太粗暴了吧，老鼠。你真的很沒有禮貌耶。」

「因為你的歡迎方式也沒有禮貌啊。」

一個拿著燭台的人影從狗群中走了出來，在閃爍昏黃的燭光中，他的輪廓看起來有些飄渺。

不論是長到腰際的黑髮、眼睛，膝蓋部分彷彿被撕裂般殘破的長褲，或是寬鬆的上衣，清一色全是深黑的，肌膚則是褐色。

男的？女的？

紫苑無法分辨。

尖尖的下巴及圓圓的眼睛，讓人聯想到小型的囓齒動物。這個人身材矮小，只到紫苑的肩膀附近。

「他是這裡的居民，我不知道他究竟叫什麼名字，我們都叫他借狗人。」

「借狗人？」

「就是那個意思，以租狗為生。多多指教囉，紫苑。」

借狗人笑了起來。

紫苑非常驚訝。

「你知道我的名字啊。」

「我的耳朵很靈的。只要有狗在，我就能輕易獲得這一帶的情報。我不僅知道你的名字，還知道你踢了『善後者』的胯下一腳，逃到這裡來。這傢伙都告訴我了。」

瘦弱的狗在借狗人的旁邊搖著尾巴。

「你能跟狗說話嗎？」

「除了人類之外，其他動物我大概都有辦法溝通。如果你想要情報的時候，請務必來找我。」

借狗人笑著伸出手。他的手上戴著一只相當寬的銀色戒指，在褐色的手上格外醒目。

「請多多指教。」

紫苑也伸出手。

好久沒與人握手了。他一直在逃、被怒罵又老是跌倒。只有借狗人的笑容像小狗一樣友善。

突然，手心一陣刺痛。

「啊！」

紫苑急忙抽回手。

一看，食指的根部附近有一個點狀的傷痕，血不斷湧出，變成一道紅色的血筋，流向手掌心。他覺得手指前端麻痺了。

借狗人朝著天花板嘻嘻地笑著。

「你幹嘛啊！」

「他問我幹嘛？哈哈，我好驚訝。隨便就伸出手來跟人握手，還問我幹嘛，真是太令人吃驚了。」

借狗人伸出自己的手心給紫苑看。他輕輕地彎起手指，戒指的正中央射出幾釐米的針，只要張開手，針又會自動收回去。

「這是古時候用來暗殺的小道具，真正的用法是要在針的前端塗上毒藥，不過我什麼都沒塗，請放心。」

紫苑用力按著手指的根部。

他舔舔乾燥的嘴唇，問借狗人說：

「你為什麼要這麼做……」

「唷，接著問我為什麼要這麼做了。」

借狗人望向沉默站在旁邊的老鼠。

「你完全沒教這傢伙如何在這裡過日子的方法嗎？」

「那又不是我的義務。」

「不是你把他撿回來的嗎？這麼不負責任，怎麼行呢？既然撿回來了，就得好好照顧啊，改天一定會派上用場的。」

「是嗎？」

借狗人又笑了。

「不行的話，就拿來食用好了。還是說這傢伙……」

借狗人看向紫苑的頭髮。

「他的髮色真有意思，有什麼內情嗎？」

老鼠扯動嘴角笑了笑，簡短地回答說：

「內情多到跟你的狗一樣多。」

「我聽說你養了個年輕男人，原來是真的。」

借狗人一臉嚴肅，用一種毫不客氣的眼神從頭到腳看了紫苑一遍。

突然，那隻瘦弱的狗站了起來，低吼了一聲。

黑暗處有兩團棕色肉塊滾了過來。是幼犬，大概一、兩個月大吧，兩隻小狗狗都只有鼻子跟尾巴前端是白色的。

瘦狗躺了下來，露出腹部。腹部垂著乾扁的乳房。兩隻小狗仔緊緊地吸住下垂的乳房，圓圓的屁股左右搖晃。

「哇！是小狗狗耶。」

紫苑輕輕地撫摸小狗的背，小心翼翼地不打擾到牠們吸奶。

「老鼠，好好玩喔，毛茸茸的耶，你也來摸摸看吧。」

「不了。」

「可是你看，是小狗狗耶。原來是這樣，你當媽媽了啊。現在還在哺乳嘛，真辛苦耶。」

借狗人皺著眉頭，感覺很噁心地退了半步。

「這傢伙有病嗎？真的在跟狗講話耶，是不是有點秀逗啊？」

老鼠指著自己的太陽穴。

「天生的。」

「天生的？你為什麼要照顧這種古怪的傢伙？」

「所以我說有內情啊。而且，別看他這樣，其實他還滿靈巧的，還會簡單的縫合手術。」

「不管他會什麼，我對這種人都敬謝不敏，怎麼看也只會礙手礙腳而已。」

「說得一點也沒錯。對了，幫我調查了嗎？」

「當然。工作我是不會馬虎的，到樓上去吧。」

借狗人換隻手拿燭台，走回剛才藏身的黑暗當中。

那裡也有樓梯，同樣是緩緩地彎曲，往上延伸。崩塌的程度比第一次爬的樓梯少，至少在人能行走的寬度裡，瓦礫都已經清除乾淨了。

「啊！……」

樓梯的盡頭是一條細長的走廊。

角落裡窩著幾個人，旁邊還有狗。兩隻毛茸茸的白毛狗靠在那些人旁邊，彷彿在保護著他。仔細一看，走廊上到處都有狗跟人縮在一起。

「這些人在做什麼？」

借狗人回頭回答說：

「他們是我的客人。」

「客人？」

「這裡是飯店啊。以前是，現在也是。不過以前是正式的飯店，現在則是以些許的金額，提供沒地方睡覺的傢伙一個睡覺的地方。我也有床喔，只要出錢，我就會準備好。」

「那些狗呢？」

「是我租給他們當暖爐用的。愈晚天氣會愈冷，跟狗一起睡很溫暖喔，至少可以不用凍死。」

「原來如此，所以你叫借狗人……」

「狗還有很多其他的用途啊。牠們會幫忙蒐集情報、可以看門，甚至幫忙搬行李，什麼都做。一定比天生秀逗的你好用多了。」

老鼠發出嗤嗤兩聲。

「那是我的台詞。」

走廊的盡頭有一道木製的門。

那是一個沒有窗戶的小房間，而且天花板異常地低。在房間的正中央，有一張圓桌。

借狗人將燭台放在桌上，接著攤開一張老舊的地圖。

「老鼠拿到的這張地圖，大概是二十年前的東西。這裡是我的飯店，LK3000的確是這一帶的地址。」

「在這張地圖上，並沒有記載拉其公寓的位置，所以，我拜託借狗人幫我調查。」

老鼠的手指輕輕地在地圖上游動。

雖然是很簡單的動作，但是卻很優美、非常高雅，似乎是已經盤算過，以被人觀看為前提的動作。

「幹嘛？」

老鼠不解紫苑的視線。

「不是，我有時候覺得你的舉止很優雅。」

「什麼？」

「你的動作好美，害我都看傻了。」

借狗人看看紫苑，又看看老鼠。

「在本人的面前，請不要說那種話好嗎？老鼠，這傢伙真的超級天真，你跟他在一起不會有問題吧？」

「目前還好。」

「紫苑，你沒問這傢伙從事什麼工作嗎？」

「我不知道。」

借狗人向紫苑伸出手。

「給錢我就告訴你。販賣情報也是我的工作之一。」

「我沒錢。」

「沒錢？老鼠一毛錢也沒收？」

借狗人瞇起眼睛。

「一頭奇怪的頭髮、超級天真、不懂懷疑就輕易跟人握手、身上一毛錢也沒有……老鼠，你在哪裡找到這傢伙的？」

「你覺得呢？」

「我在問你耶。」

「給錢我就告訴你。」

「開什麼玩笑，你才要把該付的趕快付一付！」

老鼠從口袋裡拿出一個小的皮革袋子。

「我用這個付。」

老鼠將袋子裡的東西倒在地圖上，那是一隻灰色的小老鼠。

「這是超小型機器鼠。內建影像用及聲音用的識別收錄感應器，還附超小型太陽能電池。充電一次可以活動三十六個小時，具有自動到處活動、蒐集情報的功能。連狗狗無法進去的地方，也能充分利用喔。你不是一直很想要一隻嗎？」

借狗人無言地點頭。

他用力地點頭，就像小朋友一般地點頭。

「這個……真的要給我？」

「給你啊。如果你的情報值得的話。」

老鼠將機器鼠收回袋子裡，輕輕地握著。

借狗人說話開始有點變快了。

「好，那我就從結論開始說。並沒有什麼叫做拉其的公寓。」

「就這樣？」

「怎麼可能！雖然沒有，但是有別的東西叫做拉其公寓。」

「拉其公寓是？」

「報紙。拉其公寓似乎是報紙的名稱。以前有家報社就叫這個名字，那家報社就在這間飯店的後方，後來倒閉了，變成停車場。那是在這張地圖完成以前的事情，所以在這張地圖上找不到。」

「那拉其公寓3F代表什麼呢？」

「也許是指那家報社的三樓……」

「也許是？」

「我不知道，我實在無法調查出二十幾年前就已經倒閉的報社三樓有些什麼……你們就直接去問關係人吧。」

「關係人！」

「對，我查到一名跟拉其公寓有關係的人的地址，而且這個人跟NO.6之間還有著很耐人尋味的關聯喔。你們聽好……」

老鼠往前傾，紫苑也屏息聆聽。

NO.6籠罩在鮮紅的夕陽中，沒有比晚秋的夕陽更美麗的景色了。

男人滿足地嘆息著。

這風景怎麼會如此美麗、如此祥和呢！

幾天前，森林公園裡的紅葉與常綠樹還展現完美的對比，如今樹葉凋落的樹木卻開始醒目了。

這片景致為了迎接冬天的到來，展現恬靜之美。

收集科學的精髓，管理自然環境，最佳的理想都市即將完成。這些雀屏中選的人在這裡出生、成長，然後老去，他們是最幸福的了。

這裡沒有任何災難，連偶爾會造訪的颱風，也變成了豐富的自然水源，滋潤著從東延伸到南的農耕畜牧區。

就差一步了！就差一步，這塊神聖之地就要完工了。只有被選中的人才有資格居住的桃花源……就差一步了。

「你真的很喜歡從這裡看出去的風景耶。」

男人的背後傳來一陣含著笑意的聲音。

「你不覺得從這裡看景色很美嗎？」

發出笑聲的男人靜靜地搖搖頭，表示否定。

這個男人穿著白衣。

「我比較喜歡顯微的世界。細菌、神經元、巨噬細胞、病毒……講到病毒就進入了奈米規格的世界了，只能用電子顯微鏡才看得到，很美喔。真正美麗的東西，是無法用肉眼看得到的，肉眼捕捉得到的東西，根本沒什麼大不了的。」

「你從年輕時就一直是這個論調。」

「這是我不變的主張。」

「晚餐前後來一杯濃郁的咖啡，這個習慣也沒改變過。」
「沒錯，這是不變的習慣。」
男人們相視而笑。
他們已經是幾十年的老朋友了，對方什麼地方改變、什麼地方不變，他們都瞭若指掌。
「對了，你打算怎麼做？時機應該成熟了吧？」
男人拿起自己專用的咖啡杯。擁有調節功能的咖啡杯裡，咖啡總是保持著剛煮好的香氣與熱度。
白衣男輕輕地舔了舔下唇，這是他在思考事情時的習慣。
「樣本的回收……」
「是活樣本的回收。」
「對。屍體樣本我們已經回收了幾件，但是還不夠，我希望能再多一些。」
「如果你需要的話，我來想辦法。你要多少？」
「我會依照性別、年齡及病歷等各種條件，向你提出想要的樣本數量。」
「好。那活樣本方面呢？要不要開始準備回收了呢？」
「不，再等一會吧。」

「為什麼？」
「回收回來的樣本資料還不完全，我現在正在進行分析以及資料整理，我想先充實這一塊。」
「你這次花的時間真長，很難得喔。」
「如果能公開做的話，那當然沒問題。但是要秘密進行這麼大的計畫，當然需要加倍的時間，你要諒解。本來就要在建立屍體樣本完整的資料庫後，才能進入活樣本的階段。那件事是突發事件……我必須調查為什麼會在那個階段發生，很花時間……」
「我了解，我並沒有焦急。你就仔細、慎重、完善地進行吧。這關係著NO.6將來的基礎。對……這是最後一塊拼圖。」
「是為了讓NO.6在真正成為神聖都市的最後一塊拼圖嗎？這樣啊，向偉大的領導者乾杯！」
白衣男這麼說後，便輕輕舉起咖啡杯。
「那我就敬你傑出的大腦吧。」
男人也舉起杯子。
短暫的沉默後，白衣男以略低的聲音問：

「不過，不會有問題吧？」

「什麼東西？」

「活樣本的回收。不是聽說老鼠跟他在一起？」

男人將咖啡杯放下，伸手撫摸自己的嘴唇。

「不過是一隻老鼠而已，成不了什麼大氣候。」

「把老鼠也活捉回來吧，我很有興趣。」

「你想解剖他嗎？」

「活體解剖嗎？這主意也不錯。我想要調查他身體的每一吋。但是，在這之前……還是樣本優先。」

突然，白衣男站了起來，無言地在厚重的地毯上來回踱步。

大大地將手背在身後，緩慢地來回踱步，這是他從很久以前就有的壞習慣。

男人一邊用眼睛追著高大白衣男的動作，一邊往執行公務時所坐的椅子坐下，並往後靠。

「沒錯，樣本的絕對數量根本不夠，不夠啦，大耳狐。」

大耳狐是男人年輕時的暱稱。

沙漠裡的狐狸，狐類中體型最小，卻同時擁有狐類最大的耳朵。

長達十五公分的耳朵，具備有效散發體溫的調節功能，而且聽覺超群，連在沙上跳躍的蚱蜢的腳步聲，牠都能聽得到。

不過，聽說大耳狐雖然外表可愛，但是卻極具攻擊性。

男人並不太喜歡這個暱稱，已經好久沒有人這麼叫他了，他也很久沒用過這個暱稱，他幾乎快忘了。但是，現在聽來卻沒有當年的厭惡感，甚至覺得有點懷念。

大耳狐，沙漠裡的狐狸。

不賴。

「活樣本的數量也不夠。也許至少再準備兩、三具會比較好。但是，很難吧……」

白衣男喃喃自語，來回踱步的速度也愈來愈快。他的眼裡已經沒有別人了，他甚至沒發現自己叫男人大耳狐了吧。

他從以前開始就是這樣，自己研究、自己思索、自我滿足……

他只在乎自己，對外界幾乎沒有興趣，也毫不關心；他也不沉溺於權力、財富或女人。他不需要活著的信仰、理念、良心。他空有出類拔萃的頭腦，但內心卻很荒蕪……

——也是因為這樣，所以才能夠利用。

男人朝著來回踱步的白衣背影微笑。

——不需要有心。就算有，也只需要對我的忠誠就夠了。

白衣男停下來了。

「大耳狐，還是再做一個活樣本吧。這次我想要母的。也許很難。在這個階段還很困難……所以我覺得要盡早做準備比較好。」

「試試看吧。」

「失敗的可能性很高……」

「為了進步，失敗與犧牲也是必要的。沒關係，我們一定能戰勝失敗，獲得最後一塊拼圖。」

「沒錯。」

「吃飯的時間到了，我想你可能沒有興趣，不過我今天準備了羔羊料理，還準備了最高級的葡萄酒。」

「餐後的咖啡也準備了嗎？」

「當然。不過，你至少在吃飯的時候可以把白衣脫掉吧？」

男子輕輕地拍了拍白衣男的肩膀。然後，又望向窗外。

完全透明的厚玻璃外，星星已經開始閃爍了。

「就是這裡。」

老鼠停下腳步。

這是一棟三層樓高的公寓。跟剛才的廢墟相比，雖然還看得出建築物的樣子，但也岌岌可危。

建築物還依稀看得出當年些許的磅礴氣勢，如今，大型拱門和紅磚瓦的牆上也免不了爬滿長春藤，東塌一塊、西掉一片，荒涼不已。

老鼠用下巴指指上面說：

「上面有人。」

三樓正中央的窗戶裡光線明亮。

就明亮度來看，光源應該是電燈。

原來這棟建築物還有電力供應。

他們推開木門走進去。一樓跟二樓都沒人的樣子。樓梯也是木製的，每踏上一階，都會發出嘎吱嘎吱的聲響。

如果借狗人的情報正確的話，前拉其公寓記者就住在這裡。

他們爬到三樓。光線從佈滿灰塵的木造走廊一角透出來，照亮了幾個東倒西歪的玻璃空瓶。

不需要撿起來看，也能猜出那些是什麼瓶子，因為四周飄著強烈的酒氣。走廊一角的暗處，有堆積如山的紙堆和一些倒了的空罐子。

只有透露出光線的那一道門既不骯髒也無損毀，只是有些老舊。老鼠壓住紫苑正打算敲門的手。

「怎麼了？」

「嗯，氣氛……有點怪。」

「啊？什麼氣氛？」

紫苑話還沒講完，房間裡就傳出哀號聲。是男人的聲音，緊接著是家具倒塌聲、尖銳的怒吼聲、玻璃被摔碎的聲音。

「不太妙，紫苑，你覺得呢？」

「覺得什麼？」

「裡面好像正在忙，要先撤退嗎？」

「怎麼可能。」

「說得也是。」

房內再度傳來激烈的撞擊聲。

一個粗獷的男聲喊著：「救命啊！」

老鼠制止正打算衝進去的紫苑，伸手推開門。

房內很明亮，有一盞很大的燈，是紫苑來到這裡之後看過最明亮的照明，清楚地照亮了房內的景象。

窗邊有一張大桌子，牆壁旁放著一張布製的粗糙沙發，地板上到處是成堆的紙張及書本等等，有的堆成一座小山，有的散落一地；不過，這都是他們後來仔細觀察房內才發現的。

一開始，紫苑越過老鼠的肩膀看到的是扭打成一團的兩個人，是一男一女。

男的雖然有穿褲子，卻裸著上半身，而女的則穿得一身黑，齊肩的頭髮也很黑。

女的騎在男的身上，上衣的下襬捲了起來，開衩的裙子下露出大腿。女人的身材肉肉的，臉蛋、鼻子跟眼睛都是圓的。表情非常難看。

女人舉起右手。

「救命啊！」

男人叫著。

紫苑發現女人的手上握著一把小刀。

老鼠輕輕地嗤了一聲。

「你這個人渣！」

女人也叫著。

就在同時，老鼠無聲地移到女人身旁，一把抓住女人高舉的手，不發一語地扭掉她手上的刀子。

刀子掉落在地板上。

紫苑趕緊撿起刀子。他看到紅色的刀套掉在一角，反射性地抓起它，把刀子收進去，這才鬆了一口氣。

「你幹嘛啦！」

被老鼠拉下來，一屁股坐在地板上的女人又叫了。

「大姊，沒事玩這種玩具很危險喔。」

「不用你管！這關你們什麼事啊？這種亂搞女人的廢渣，死了算了。」

女人趴在地板上哭了起來。

拿著刀的紫苑就這樣俯視著她的背影。他不知道該怎麼辦才好。在紫苑的人生經驗裡，完全不知道該如何處理這種情況。

老鼠單腳跪了下來，輕輕地拍打她的背，輕聲細語地說：

「不要哭。不，哭一場也好，妳就盡情地哭吧……這樣會比較舒服。哭吧……」

老鼠輕聲的呢喃彷彿深切溫柔的搖籃曲，如同在地下室聽雨，語聲雖然低調卻能滲透心靈。

紫苑知道女人的情緒正隨著老鼠溫柔祥和的聲音慢慢平靜下來，但這些特質完全沒有出現在老鼠的目光中。他快速地環顧整個房間，將視線停在上半身赤裸、還喘息著的中年男子臉上，然後看了一眼呆在旁邊的紫苑。

紫苑往前踏出一步。

「請問……您是力河先生嗎？以前曾在拉其公寓報社任職過的力河先生？」

男人搖搖晃晃地站了起來，拿起沙發上的襯衫穿。男人並不肥胖，但是肩膀跟腰上都有贅肉。右邊的肩胛骨下方，還有一道斜斜的白色傷痕。

「是不是找錯人了呢？我們聽說來這裡就能找到力河先生。」

「你們沒找錯。」

回答的是女人。

她的臉上佈滿淚水、汗水跟鼻涕，一片濕答答的，但是她已經哭完了。

「這個大騙子、窩囊廢就叫那個名字。以前是報社的記者，現在為了賺酒錢，只能出版一些噁心的黃色雜誌，是一個沒用的男人啦！」

「被這個沒用的男人要求分手，變得歇斯底里的人，不就是妳嗎？」

男人，也就是力河惡言相向。

「你還敢說！先說要結婚的還不是你！」

「就跟妳說後來有一些內情，所以不能結婚了嘛！」

「是什麼內情？」

「就是……那個……」

「如果要撒謊的話，先想好之後，再撒個高明的謊吧！別把我當白癡耍！」

被自己所說的話煽動，女人再度激動了起來。她深呼吸調整自己激動的情緒，突然衝向紫苑。

「把刀子還給我！」

「不，不行，請不要這樣，太危險了。」

「我叫你還給我！什麼內情嘛，如果真有內情，你就說說看啊！可惡，我要殺了你。」

「都說很危險了嘛。」

老鼠站了起來，跨了一步走到力河的旁邊，伸手搭在他的肩上說：

「爸爸，就是這個人要當我們的新媽媽嗎？」

女人嚇呆了，嘴巴半開，眼皮眨了眨。

「爸爸？」

老鼠點點頭，笑了，熱情地笑了。

「對，我們是他的兒子。」

「你有兒子……我從沒聽你說過！」

女人的聲音變得有點嘶啞，力河則是不斷地眨眼。

「我爸爸跟媽媽很久以前就離婚了。但是，上個月先母去世……從今天起，我們要跟爸爸一起生活……我們聽說爸爸有喜歡的人了，不過爸爸說，既然我們要跟他生活，他也只好放棄再婚了，就我們父子三人過日子，對不對，紫苑哥哥？」

「啊？」

「我們是來投靠爸爸的，對不對？」

「啊？喔……嗯，沒錯，我是這個人的兒子，妳好。」

力河不斷地假咳著。

「沒錯，他們都是我的兒子，我必須要撫養他們……我必須要獨自撫養兩個男孩，生活會愈來愈困苦，我不能讓妳跟著我吃苦啊。我愛妳，非常愛妳，但是，這兩個傢伙需要父親……我不能要求妳當他們的母親……所以也只能跟妳分手了，對不對？」

「原來是這樣……」

「嗯……是啊。」

女人撥了撥頭髮，深深地嘆了一口氣。

「原來是這麼一回事。」

「就是這麼一回事。」

女人再度撥撥頭髮，撿起掉在地上的外套及皮包。

她看著紫苑，有點訝異。

「你的髮色真特別耶。假髮嗎？」

「呃，不……因為一點內情……」

「又是內情，你們父子還真喜歡內情耶。算了，這樣的話，我就跟你分手吧。有兩個孩子的中年男子，我可是敬謝不敏。」

女人揮揮手。

「再見，跟你在一起很愉快。」

門關上了。

紫苑手中的刀子也在同時掉落。他緊張得手掌心都是汗。

力河翻起倒地的椅子，收集打破的杯子碎片。杯子裡原本可能裝了酒，灑在地板上的痕跡帶著令人胸悶的強烈酒臭味。

「真是的，大吵大鬧的，什麼很愉快，到最後還逞強，她明明也沒轍了嘛，真受不了。」

力河看看紫苑，又看看老鼠，抿嘴一笑。

「先謝謝你們替我解圍了。」

力河有著健壯的肩膀跟身材，鼻梁很高，非常適合蓄鬍。五官雖然不是很勻稱，但也不醜。神色讓人同時感受到開朗與荒廢、強韌的意志與狡猾。

「不過，對一個劇場的當家小生而言，剛才的演技好像算不上高明喔，伊夫。」

老鼠撿起地上的刀子，淡淡地笑了笑。

「你認識我啊。」

「我是你的粉絲啊，上禮拜的表演我也去看了。」

「抱歉，上禮拜我沒登台喔。」

「是嗎？我本來想在敝社這期的雜誌上刊登你的專訪，所以去找劇場的經理，可是三、兩句就被拒絕了。」
「這種雜誌也難怪會被拒絕啦。」
老鼠的手隨意地翻著雜誌。
雜誌的封面是全裸女子的照片，整體看起來有點朦朧。整本雜誌刊登的東西都差不多，全裸女子、半裸男子，充滿猥褻與煽情的粗糙雜誌。
「對年輕人來說很有用，從避孕的方法到把妹的手段都有，內容豐富。」
「我看你也得刊登如何漂亮地跟女人分手的專題報導啊，大叔。」
老鼠丟開雜誌，力河則是聳聳肩。
「你嘴巴滿毒的嘛，伊夫，我還以為你是個很溫柔的男人咧。」
「一個被女人壓在地上哀哀叫的男人，好像沒資格說我。」
「我喝醉了，而且她突然衝上來……沒想到她會拿刀。」
紫苑往前踏出半步。
「伊夫？那是你的本名嗎，老鼠？」
「怎麼可能，不過是工作用的藝名罷了。」
「你是舞台劇演員喔……」
「沒那麼高級，只是比這種雜誌稍微好一點的東西罷了。」

「是喔……對喔，難怪你說話的方式跟動作會那麼優雅。」

黑暗的舞台上，聚光燈打在一名演員身上。他吸引了觀眾的目光、聽覺及全身上下的神經，時而悠然自得地帶著難以言喻的優雅聲音，時而如同匍匐前進的風一般，帶著震撼人心的聲音。

老鼠突然出聲。

「你在想像什麼啊，紫苑！是這一帶的劇場喔，在這裡生活上稍微有點餘力的人，為了消愁解悶去看戲的地方。沒有刺繡的舞台布幕，也沒有像樣的服裝和設備，表演的大多是即興的歌曲與舞蹈而已，不過是這種程度的東西罷了。」

「但是，能消愁解悶不是嗎？好厲害。」

「啊？」

紫苑雙眼一眨也不眨地凝視著老鼠。

在過去這幾個小時內，紫苑經歷了足以與過去的人生見聞匹敵，不，應該說更勝過去人生見聞的體驗。

當然，這只是一小部分，但也足夠讓他體會到要在這一天、這一時、這一瞬間在這裡生存下去，是多麼困難又多麼嚴酷的事情。

這裡的人們在困苦的生活中，偶有餘力就會聚集到老鼠所在的舞台，紫苑覺得這是一件很了不起的事。看表演並不會滿足腹欲，也無法解渴，但人們還是希望簡陋舞台上的故事能夠幫助他們忘記憂愁。

在那裡他們拍手、流淚、歡笑、喧譁吵鬧。死神不知何時會找上自己，然而，還是要享受活著的樂趣，要更享受活著的當下。

「老鼠，我覺得你好厲害喔。」

老鼠嘆了口氣，心裡變得有點不高興，立刻皺起眉頭說：

「你夠了吧？少在這裡發表什麼高談闊論了，你根本沒看過舞台表演。」

「是啊……在NO.6，基本上是不允許學生看舞台劇的。」

「我想也是，特別是像你這種被認定為最高層次的菁英，不管是看的東西或是閱讀的東西，全都受到嚴密監控……不過，你們大概也沒發現被管制了吧。」

「NO.6？」

正打算點菸的力河突然停止動作。

「喂，等等，這個戴假髮的小朋友是從NO.6來的？怎麼可能。」

「就是有可能啊，而且這傢伙並沒有戴假髮。」

「那是新上市的帽子嗎？現在流行這種的喔？」

「不，這是真的頭髮……有一些內情。」

「喔～～我最喜歡聽內情了。如果你真的是從NO.6出來的話，那這內情可就不簡單了。告訴我吧，包括那頭白髮的來由。」

老鼠坐在桌子上，搖晃著雙腿。

「聞到什麼了嗎？大叔。」

「你說什麼？」

「你的鼻子在動喔，是不是聞到好題材的味道啦？」

力河壓住自己的鼻子。老鼠繼續嘻嘻地笑著。

「就像肚子餓的野狗聞到食物味道的鼻子。一邊聞，一邊抽動，鼻孔變大囉。」

力河的眉頭都皺在一起了，臉上表現出明顯的不快感。

「伊夫，我剛才也說過了，看來我真的誤會了，我一直以為你是一個新好男人，沒想到居然是個這麼會口出惡言的小鬼，真讓我失望。」

「你不是我的粉絲嗎？」

「不再是了。真是的，調侃大人很有趣嗎?!」

「火藍。」

老鼠輕聲說。

力河的動作再度停止。

「你們認識叫這名字的女人？」

開始出現中年肥胖徵兆的男人身體，突然搖晃了一下，喉結上下蠕動。

「你們認識火藍啊……你們是她的朋友嗎？」

「她是我母親。」

力河似乎一時無法理解紫苑說的話，他大大地吸了一口氣。

「母親？」

「我呢……呃……我叫紫苑，是火藍的兒子。」

「兒子……火藍的兒子嗎……你爸是誰？」

「不清楚。」

「不清楚？你完全不知道嗎？他死了嗎？」

「不是，聽說我出生沒多久，他們就離婚了，所以我一直跟母親兩人相依為命，一次也沒見過我父親。」

老鼠又笑了。

「該不會有可能是你的兒子吧？」

「不……怎麼可能……等一下喔，你說你叫什麼？」

「紫苑。」

「紫苑……紫苑啊。是火藍喜歡的花的名字。啊……紫苑，你等一下。我先拿酒……不對，你喜歡什麼？想喝什麼？我什麼都有。對了，到這邊來，在這個房間比較好說話。」

力河敲敲沙發後方的牆壁，右手一按，牆壁便無聲地滑向旁邊。

「哇～～」

老鼠吹起口哨。

「指紋辨識系統耶，好時髦的裝備，從外觀完全看不出來呢。」

牆壁的另一頭出現了一間豪華的房間，地上鋪著地毯，有皮革製的沙發跟桌椅。嵌在牆壁上的暖爐裡，火焰正在燃燒著。

「來，到這邊來。我來泡咖啡。肚子餓不餓？我有好吃的派。」

聽力河這麼一講，他們才覺得肚子餓，餓到空空的胃已經痛起來了。

「是什麼派？我喜歡吃肉派。」

「沒你的分。」

力河朝著老鼠揮手。

「真過分耶，連這個都有差別待遇啊。」

力河無視老鼠，消失在緊鄰的小房間裡。

沒多久，飄來咖啡的香氣。
「又有咖啡又有派，真想不到耶。」
從NO.6逃離出來之後，紫苑幾乎沒吃過什麼奢侈品。
老鼠環視房內。
「是啊，意料之外的奢侈品。這個房間也裝潢得太豪華了……看來借狗人打聽到的情報是真的了。」
「如果是真的話……該不會……」
「該不會什麼？」
「我母親曾跟我說過，她說我父親沒錢又愛玩女人，而且已經到了快要酒精中毒的地步……」
「是一個無可救藥的男人？」
「嗯，是一個無可救藥的男人……但，也是一個超級溫柔又誠實的人。」
「說那什麼話嘛，你媽還眷戀那個男人嗎？」
「我不知道……但是跟她講得很像耶。」
老鼠看向小房間的門，誇張地聳聳肩。
「我是不覺得他溫柔又誠實啦，不過愛玩女人又快酒精中毒倒是真的。聽你這麼一講，還真的覺得你們的眼睛有點像……不過這裡無法做ＤＮＡ鑑定，所以也無法斷言……紫苑，你的臉色很差喔。」

「我還好……只是肚子太餓而已……」

「別逞強，換做是我，想到有那種爸爸，我也會覺得不舒服，也許會發燒呢！」

「發燒？你還好吧？」

力河將托盤放在桌上，上面放著咖啡、派跟裝著威士忌的玻璃杯。看得他們口水直流。

「火藍以前也非常喜歡派。她也喜歡麵包跟蛋糕。」

「她現在也很喜歡，目前就靠賣麵包維生。」

「賣麵包……這樣啊，原來如此。」

「你還記得櫻桃蛋糕嗎？」

紫苑的腦中突然閃過一個念頭。

「櫻桃蛋糕？不記得……你想吃櫻桃蛋糕嗎？」

「不是，我母親曾對我說，我出生的那天晚上，我父親喝醉酒，買了三盒櫻桃蛋糕回來……而且每一盒裡面都有一整個蛋糕，他們一起吃了蛋糕。」

力河拿起裝有琥珀色液體的酒杯，瞇起了眼睛。

「這樣啊……火藍有這樣的回憶啊……只可惜我沒有。我沒買過櫻桃蛋糕，也沒跟火藍吃過蛋糕，我甚至不曾住過ＮＯ.６。紫苑，我並不是你的父親。」

吞下派，老鼠戳了一下紫苑的肩膀。

「聽到了沒？太好了，紫苑，你安心了吧？」

「什麼叫太好了？伊夫。」

「就是那個意思啊。」

紫苑拿出火藍的紙條。

LK-3000附近，拉其公寓3F，不確定　火

「我是照著這張紙條找到這裡來的。」

力河凝視著火藍在匆忙下寫的紙條。

「這是我……在逃離ＮＯ.６後沒多久，母親捎來給我的。她認為也許你現在還在這裡。你跟我母親是……」

「是朋友嗎？」

這個問句卡在喉嚨沒有說出口，因為他看到眼淚從力河的眼裡滾了出來。

「火藍……她沒有忘記我……她還記得我……好懷念啊，是火藍的字……」

低垂的頭、健壯的肩膀都微微地顫抖著。

「喂，這位大叔真愛哭耶。都幾歲的人了，真難看。」
老鼠再一次戳了戳紫苑的肩膀。
「囉嗦，我不能哭嗎？你還不是常常在舞台上又哭又叫的。」
「那是演技啊。還是說你現在也在演戲？」
力河的淚眼瞪著老鼠，他慢慢地站了起來，從厚重的書架深處拿出一本相簿，抽出一張照片，放到紫苑的面前。
「火藍跟我。」
年輕美貌的母親穿著無袖的洋裝微笑著，旁邊站著比現在瘦很多、體型結實還留有少年面容的力河。
「幾十年前的照片了，那是我們剛認識的時候。當時火藍還是學生，她對我寫的專欄很有興趣，就到報社來找我。報社大樓的三樓是我工作的地方，那一天我剛採訪回來，就看到她坐在那裡。那天不但下雨還打著雷，但她還是專程來了……」
力河吸吸鼻子。
紫苑跟老鼠互看了一下，老鼠故意長嘆了一聲。
「大叔，你曾經做過報社記者吧？講話能不能稍微有重點呢？也就是說，紫苑的媽媽跟你第一次見面是在拉其公寓報社的三樓，對嗎？」

「沒錯，我們很談得來……跟火藍在一起很愉快。我想我愛上她了……那個時候NO.6並沒有像現在一樣封閉，往來是很自由的。雖然我還是一名新進的記者，但是我已經嗅到NO.6的古怪了。」

「嗅到了嗎？原來大叔覺得那個城市古怪啊。你以前鼻子還滿靈敏的嘛，不過現在應該已經失效了吧。」

力河瞪著老鼠的臉，表情微妙地扭曲著。

「伊夫，我是說真的，我真的是你的粉絲。我第一次去看你的表演時，你站在舞台中央朗讀詩，我記得是韓波（Jean Nicolas Arthur Rimbaud，一八五四—一八九一，法國詩人。〈醉舟（Le Bateau Ivre）〉是他的代表性長詩之一。）的詩……當時我立刻就迷上你了，被你的聲音吸引了。」

老鼠舔了舔被派油弄髒的手指，蹺起腳來。

「『不，我已流了太多淚！黎明令人痛苦，月夜總是殘酷，白晝如此苦澀，我麻痺在可悲的愛情中，沉醉不起。啊！粉碎吧！我的脊骨。讓我葬身海底吧！』紫苑，你知道這個嗎？」

「應該是《醉舟》的一小段吧。」

「厲害喔，很明顯的成長唷。大叔，要不要我多唸一段呢？」

「夠了。那個舞台上的你非常棒，但眼前的你是一個令人討厭又狂妄的小子，我真不想相信你們是同一個人，所以你給我閉嘴。」

「別生氣嘛。」

老鼠放下腳，收斂起表情，聲音也不再有抑揚頓挫。他發出平坦、低沉又穩重的聲音，跟剛才完全不同。

「原本，包括NO.6在內的六個都市，都是以未來型樣板都市為出發點建設的。因為戰亂跟大量消費的化石燃料排放出二氧化碳，讓氣象頻頻異常。最初的出發點，是想在荒廢的土地上尋找將來適於人類生活的方向，才建設了這些樣板都市……本來是計畫各都市尋找適合各自的地理條件，包括地形及氣候等等，採用安全及可能量產的能量，來代替化石燃料及原子核能，並負責開發研究從奈米規格到宇宙規模等的科學技術。

「最終目標，是希望住在這片土地上的每一個人的生命都不會受到威脅……沒有戰爭、沒有災害，也沒有疾病……NO.6是建造可以不被威脅、安穩地生活下去的世界的一步，也可以算是希望的入口。不過，我說的都是最初的構想。對不對，大叔？」

力河一口氣喝光殘留在酒杯裡的威士忌，輕咳了幾聲。

「原來你會朗誦的不只是古典文學而已啊，伊夫。經理不知道你的本名、不知道你幾歲，也不知道你從哪裡來，只說你是突然出現的異鄉人。但是，我不相信你只是個流浪的表演者。真的很令人好奇，你究竟是什麼人？」

「以後再研究我吧。照這張照片的時候，還是人們深信NO.6是全人類希望的時候吧？但是你卻懷疑了，我覺得你的鼻子很靈喔。」

「我當上記者的時候，NO.6已經開始出現變化了。一方面招募優秀的人才，充實研究機構，但是另一方面卻開始限制情報的公開以及言論自由。我懷疑這樣真的會成為一個理想城市嗎……？沒錯，你這狂妄的小鬼說得沒錯，當時我的鼻子的確很靈，嗅到了還看不太清楚的東西。就在我還迷迷糊糊的時候，NO.6的防禦牆漸漸擴張，愈來愈堅固，跟外部的往來變得愈來愈困難，最後沒有市府的許可書，就無法進出。變化的速度非常快。像我這種記者，最後再也無法進出NO.6，報導及採訪的自由輕而易舉就被毀掉了……當然，我再也見不到火藍了。老實說，不能見到火藍，比不能採訪還要讓我痛苦。就這樣，過了幾十年……變成現在這個樣子。」

「四周全成了侍奉NO.6這個城市之用的場所：農耕、畜牧、森林，這裡則成了垃圾桶；貧困、鬥爭、疾病、暴力，NO.6不要的骯髒東西全都集中在這裡。我想你們應該不知道，這裡以前根本不是一個叫做西區這麼乏味的名字的地方，這裡雖然不大，但卻是一個不錯的地方，然而現在卻被當成垃圾桶。什麼希望嘛！聽到神聖都市我就覺得受不了，根本就是一個到處撒毒的惡魔。」

「忘記最初的志願，無止盡地墮落。原來人跟都市都一樣。」

老鼠喝光咖啡，瞄了一眼講完話的力河。

力河很不高興。

「你那是什麼意思？你是在說我墮落了嗎？」

「你敢說你沒墮落嗎？」

紫苑看了看老鼠的側臉，他發現老鼠在挑釁，而力河也接受他的挑釁。

「你想責備我成了這樣的酒鬼嗎？想責備我編什麼全是裸體的雜誌、整天泡在酒裡，到最後還差點死在女人的手上嗎？」

「講話真酸啊，大叔，但是在這個地方，不是那麼容易就能生存下去的。」

「那是當然。」

「問題是這間豪華的房間、溫暖的屋子和美味的食物，這些都不是那麼容易就能到手的。我不認為區區的黃色雜誌能為你賺到這麼多錢……也就是說，你掌握了生財的好門路，對吧？」

老鼠微笑著，彷彿仲裁的神明般，那種傲慢又高雅的微笑。

「我聽說NO．6的高官會定期偷偷到這裡來。」

力河無言地動了動嘴巴。

「聽說你會依照那些男人的要求，替他們找女人。我想你當記者時代建立的門路派上用場了吧。你從那些男人手中賺取高額的報酬，過著奢華的生活。那些男人都在剛才你自己謾罵為惡魔的那個城市裡，位居高官。你巴結奉承他們，從他們身上獲得好處，啃食那些為了逃離飢餓及寒冷，不得不出賣肉體的女人。這不能算是墮落嗎？」

力河的臉上失去了表情，他的模樣平靜得有些詭異，暖爐的火照得他的右臉紅通通的。

「你從哪裡……聽到的？」

「狗告訴我的。」

「狗？」

「有一隻狗聽到你跟一個男人在樓下說著悄悄話。之後那個男人輕而易舉地就從出入管理辦公室的特別關卡開車進入NO．6。能進出西區跟NO．6之間的人並不多，只有攜帶高官用特殊證明卡的人才有資格，如果不是的話，就會在關卡被炸毀。」

紫苑非常驚訝，真的好像在看舞台劇一樣。被火焰染紅的男人臉上，完全看不出表情。

突然，男人開口了。

「那麼，你要加入嗎？」

「加入？」

「NO.6是一個很無聊的地方，甚至不允許墮落，是一個不容許乞丐和妓女存在的地方。大家都覺得厭倦了，所以才會跑到這裡來撒錢玩女人，確認自己屬於特權階級；玩夠之後，再回到無聊的地方。這些人就是我的客戶。」

「生意興隆，不錯嘛。」

「那是求之不得的事。但是，那些人的欲求像個無底洞，不斷有新的要求，一下要褐色皮膚的女人，一下要背後有整面紋身的少女，真是囉嗦。」

紫苑低頭不語。聽力河說這些事情讓他非常痛苦。

NO.6是個表面美麗的都市。雖然他現在有點猶豫，不知道那樣能不能算美。然而，市內的一切全都整整齊齊，建築物跟大自然都沒有過剩，維持著平衡，所有人都非常穩重又有禮貌。

可是，完美的背後卻隱藏著這樣醜陋的現實。

他的視線對上了照片中的火藍。

媽媽，我們過去生活的地方，妳現在還居住的那個地方，是一個戴著美麗面具的怪物。媽……

「所以，你要我幫忙找女人嗎？」

老鼠冷酷地說。

力河笑了，笑得猥褻又噁心。

「怎麼會！我怎麼會這麼浪費呢！其實從我第一次去看你表演的時候，我就有這個想法了。如果你肯下海的話，一定能賺大錢。輕而易舉就能讓那些覺得無聊的大官們雙手奉上金錢。如何？與其在那種漏風的小劇場工作，不如一起賺大錢吧？」

「你要我接客嗎？大叔，我看酒精已經開始侵蝕你的腦袋了吧。」

「別在那裡裝模作樣了。不過就是個不知道打哪兒來的演員，反正以前做的也是同樣的事吧，你就別再裝清高啦。」

「住口！」

怒吼的是紫苑。

他拿起咖啡杯，也不顧裡面還有咖啡，就一把丟向力河，然後衝過桌子，抓住沾有咖啡的襯衫，以全身的力量壓了上去。

力河哀嚎了一聲，隨即倒地。

「你說夠了沒！居然講得出這麼卑劣的話！道歉，快道歉！」

紫苑騎在力河身上，不斷地搖晃他。

力河的後腦勺多次撞到地板。紫苑抓著他的襯衫，勒住他的脖子。

「好難過……紫苑，你住手…我不能呼吸了……我道歉，你快放手……」

「囉唆！不要臉的人……你要知恥，知恥啊！」

有一雙手從紫苑的腋下伸了進來，將他往後拉。

「紫苑，到此為止吧，你再不放手，大叔就會掛掉的。」

力河彎曲身體，不斷咳嗽。

「我被你嚇到了。」

老鼠從後面抱著紫苑，輕聲地這麼說。真的被嚇到的聲音。

「沒想到你會動粗，原來你也會氣到失去理智地揍人啊。」

「這是我有生以來……第一次。」

「我想也是，你的心跳得很快喔。」

紫苑轉頭，甩掉老鼠的手。

「你為什麼不生氣？」

「生氣？如果那種戲言就能激怒我的話，那我可能一年到頭都在生氣了。我習慣了，反正也不會少塊肉啊。」

「笨蛋！」

「笨蛋……紫苑，你幹嘛那麼激動啊？」

「笨蛋！這個人不是在開玩笑耶，不要說你習慣了……怎麼可能會習慣嘛……」

紫苑的眼眶紅了。

他不想讓眼淚流下來，正打算閉上眼睛，然而還是阻止不了。

「紫苑……別哭啦。為什麼要哭？真是的。」

「他……侮辱你。」

「啊？」

「這傢伙侮辱了你。講了那麼難聽的話……把你跟NO.6那些骯髒的傢伙相提並論。可是你卻說沒關係，也不生氣……這讓我更覺得難受……好難過……我不知道該怎麼辦才好……」

老鼠本來想說什麼，最後還是作罷，他拉起桌巾的一角遞了過去。

「只有這種東西了，你將就一點，把臉擦一擦。」

「嗯。」

「紫苑，被侮辱的是我，不是你。不要為了別人哭，也不要為了別人打架。哭泣跟戰鬥只能為了自己。」

「我聽不懂。」

「我想也是……有時候我真的很難跟你溝通。你看，鼻涕都流出來了，擦乾淨點吧。」

「嗯。」

「我實在很難理解你，大概一輩子都無法了解你吧。雖然近在眼前，卻又好像遠在天邊，所以……」

紫苑後方的力河站起來了。

「抱歉打擾一下，那條桌巾是絲綢的，好不容易才到手，別拿來擦鼻涕。」

然後，他又看了看紫苑。

「你生起氣來的臉跟火藍一模一樣，我覺得好像被火藍罵的感覺，雖然她從來沒有那麼粗暴地對我怒吼過。」

接著，他又對老鼠低頭致歉。

「抱歉，我說得太過火了，被打也是應該的。看來我這個人真的徹底腐爛了。」

「並不是腐爛，而是酒喝太多了。」

老鼠輕輕地推了推紫苑的背。

「今天到此結束吧。回去了。」

「好，不過我要先收拾一下。」

老鼠笑了。

「你真的是一個有教養的少爺。」

「隨你怎麼說，反正我要收拾。」

紫苑撿起咖啡杯，老鼠也伸手收拾散落一地的相簿跟盤子。突然，他整個人僵住，呼吸也停止了，就這樣一動也不動。

「老鼠，怎麼了？」

「這個是……」

老鼠微微顫抖，手指著一張照片。

照片似乎是從相簿裡掉出來的。

力河瞇起眼睛看，說：

「什麼東西？喔，這個啊，」

照片裡以火藍為中心，有幾名男女。

「這是我最後一次去ＮＯ.６時照的照片，上面是火藍跟她的朋友們。」

「這個男人……」

老鼠指向站在火藍旁邊身高頗高的男人。

「這個男人……是誰呢？好像說是在生物研究機關……看起來很優秀吧……嗯～～我想不起來了。他當時並不起眼。伊夫，你認識這個男人？」

「應該。」

「你們有什麼關係？」

老鼠吸了一口氣，靜靜地回答說：

「我的名字是他取的。」

# 4 冥府的天使

我愛你，我當然愛你……我對你的愛變成束縛在我脖子上的重石，讓我不斷地沉淪。然而，我卻無法捨棄它，因為沒有它，我就無法活下去。

（《櫻之園》第三幕，契訶夫，神西清譯，新潮文庫）

就在火藍要拉下鐵門前，那個小女孩來了。

「阿姨，還有瑪芬蛋糕嗎？」

小女孩大概還不到十歲吧，圓圓的臉很可愛。

「起司口味的賣完了，葡萄乾的還有一個。」

「我要。」

「好，莉莉，妳等一下喔。」

火藍將盤子上剩下的瑪芬，跟一個甜甜圈一起裝在袋子裡。

「甜甜圈送妳。」

「阿姨謝謝妳。」

莉莉將銅板拿給火藍。

她應該是握得很緊吧，原本應是冰冷的銅板有著跟人肌膚一樣的溫度。

莉莉看到袋子裡有兩個麵包，非常高興地笑了。

「莉莉是阿姨的常客啊。下次我會多烤一些起司瑪芬。」

「阿姨，妳不會關掉這家店吧？」

莉莉抬起頭，認真地這麼問。

「不會，為什麼這麼問？」

「媽媽說，阿姨可能會把這家店關掉……還好妳說不會，太好了。」

圓圓的臉龐浮現安心的笑容。

火藍蹲下來，抱住小小的身軀。

「謝謝妳，莉莉，謝謝妳擔心我。」

柔軟的身體、溫暖的存在，這小小的身體的確撫慰了她。

「爸爸媽媽也很擔心，他們說，如果吃不到阿姨烤的麵包或蛋糕該怎麼辦。車站前面的蛋糕店又難吃又貴，而且那裡的人好兇喔。」

「真的嗎？」

「嗯。前不久，店裡放著很大的純白色蛋糕，很像一座玩具城堡，我跟瑛衣，阿姨妳認識瑛衣嗎？」

「不認識。」

「她是我朋友，很會吹泡泡喔。我跟瑛衣跑去偷看，因為很漂亮。」

「妳跟瑛衣兩個人跑去偷看蛋糕啊。」

「對啊，結果那裡的叔叔好兇，叫我們不要用髒手摸玻璃。我們只有看而已，又沒有摸玻璃。」

「好過分喔！」

「瑛衣先罵他豬頭！小氣歐吉桑！我也跟著罵豬頭！小氣歐吉桑！然後我們兩個就逃走了。」

火藍不由得笑了出來，她好久沒笑了。

她親了親莉莉的臉頰。

「阿姨沒辦法做出跟城堡一樣的蛋糕，不過莉莉生日的時候，阿姨一定烤一個純白的蛋糕送給妳。」

「真的嗎？」

「真的啊，請瑛衣也來吃。」

「謝謝妳，阿姨。我喜歡櫻桃蛋糕。」

櫻桃蛋糕……紫苑也喜歡……

莉莉揮揮手，離開了。

火藍一直目送她的背影消失在昏暗的天色中，才拉下鐵門，然後就直接呆坐在椅子上。

自從紫苑離開後，迎接黃昏變成一件很痛苦的事。今天也不見紫苑回家，她陷入深沉的失望，失望轉變成沉重的疲憊，連動一動手指都懶。

「紫苑……」

她喃喃自語、無聲地呼喊，有時候幾乎快要叫了出來……她不知道一天叫了多少次兒子的名字。

聽到治安局以暴動和殺人嫌疑的罪名抓走他時，火藍幾乎要發狂了。

「妳再也不可能見到嫌犯了。」

治安局的職員對她說這句話的那天夜晚，火藍就預料到兒子的死。

紫苑不可能跟殺人扯上關係，這一點她比任何人都清楚。然而，治安局不可能接受一個母親的說法，這一點她也明白。

在犯罪發生率幾乎等於零的NO.6裡，沒有裁決審判的制度，被治安局逮捕、拘留，就表示確定罪行的意思，不容許否認罪狀，也無法上訴。

他已經被關進監獄裡，即將以一級VC的身分，被判處終身監禁，或是根據特別法執行死刑。

治安局的職員所說的話並不誇張，也沒有扭曲，只是陳述事實。這是他們的一貫作風。

下次，穿著同樣制服的人再出現時，就是兒子行刑之後的事了吧……

這時的火藍才親身體會到絕望的存在。

周遭的聲音消失，色彩褪去，她什麼也聞不到，什麼也感覺不到，眼前只剩下黑暗，絕對不會有黎明到來的黑暗。

看不到苦痛的盡頭，就是絕望嗎……？

我失去了所有。

突然，她想起了那個男人，如果去求那個男人的話，也許能有一線生機。

然而，突然出現的微弱光線，瞬間就消失了。

不行，沒有時間。

她根本不知道那個男人在哪裡，她沒有時間去找，祈求他救救她的兒子。

她突然覺得噁心，把胃裡的東西全都吐出來了。

她全身是汗，全身無力。只能爬進倉庫，倒在紫苑的床上。治安局的職員幾乎將紫苑所有的東西都當作證據沒收了。

我就在這個黑暗的倉庫角落死了算了，就這樣閉上眼睛，隨著那孩子去吧。與其殘酷地活下去，我寧可選擇稍微苦痛的死去所帶來的安穩……我還沒堅強到能夠一個人獨自在這樣的漆黑中活下去。

「吱吱。」

耳邊好像有什麼在叫。

想太多了。

即使不是想太多也無所謂。我已經……

她的耳朵被咬了，隱隱作痛。

火藍起身，看到一隻小老鼠逃到倉庫的角落。

——為什麼會有老鼠……？

她吞了一口口水，摸摸自己的耳朵，的確有點出血。

雖然這裡是下城，但是在這個城市裡，很少看到寵物以外的動物，更別說是老鼠這類的生物了……

「老鼠。」

火藍的心臟跳得很快。

老鼠。

紫苑不止一次這麼喃喃自語過。

喝著可可亞、眺望著被風搖晃的樹木、抬頭望著夕陽的天空，他都曾經低聲唸著這個名字。

一切都從那天開始，發生那件事，導致他們從「克洛諾斯」被驅趕到下城的那一天起。

事情就是紫苑因為窩藏重罪犯ＶＣ，而收到當局的調查與嚴控。

藏匿ＶＣ、幫助ＶＣ逃亡是重罪，然而政府念及他只有十二歲，於是特別酌量減刑，只剝奪了他的特權資格而已。

不知道為什麼，火藍對「克洛諾斯」並沒有太大的眷戀，也不覺得在下城生活很辛苦。雖然外界認為紫苑太衝動，怒罵他的所作所為，但是她仍然相信紫苑有自己的想法跟信念。

雖然紫苑在智能上被認定是資優生，得到市府的厚待，但是也許她早就察覺到兒子總有一天會將感情放在理智前面，會將在自己的意志下掌握到的未來放在被保證的未來前面。所以，關於那件事，她什麼也沒多問。

只不過，她曾有一次問過老鼠的事情。

「老鼠是誰？」

「什麼？」

「老鼠是人的名字吧？」

會認為是人名，是因為兒子的口吻很柔和，感覺有點懷念、有點心疼、有點悲傷，甚至有點祈求的味道在。

呼喊真正的老鼠，應該不會用那種口吻吧。

「你失戀了嗎？」

「怎麼可能，媽，妳在說什麼啊！」

「因為你給我那種感覺啊。」

「不是啦，完全不對。」

紫苑很罕見地慌了起來，臉也紅了，連湯匙都掉在地上。

沒錯，火藍還記得。老鼠……

她站了起來。心跳已經恢復正常，身體也輕盈了起來。

希望，不知道為什麼，她突然覺得還有希望。她調整氣息，往前邁進的意志漸漸甦醒。

小老鼠在麵粉箱旁打轉，一看到火藍走過來，動了動頭，從嘴裡吐出膠囊後，便消失在倉庫裡面。

膠囊裡有一張紙條。

**紫苑沒事，請放心。他已逃到西區，請注意當局的監視網，回信交給此鼠。若他平安，是褐色老鼠，若他出事，會以黑色老鼠告知。老鼠**

微薄的希望之火被點燃了。

火藍緊緊摀住自己的嘴巴，不然她怕自己會高興地叫了出來。

活著，那孩子還活著，我還有機會見到他。

火藍深呼吸，若無其事地看看四周。

如果正如紙條上所寫的，紫苑活著逃到西區去了的話，這個家一定受到了當局的嚴密監視：超小型監視器、竊聽裝置、電波接收裝置。她知道她不能輕舉妄動。

她走到倉庫的裡面，在果醬箱子旁邊，拿起包裝紙匆匆留言。

看到西區兩個字的時候，她的腦海中朦朧地浮現一個人。

那個人叫什麼名字呢？應該是拉其公寓的……

火藍還記得，他是一個好人。

如果去找那個人的話……

可是……有好多話想對紫苑說。

紫苑，活下去，不管發生什麼事都要活下去。別擔心媽媽，只要你還活著，媽媽就不會有事。你不能死。

但是，現在寫這些，心情也於事無補。

「吱吱。」

小老鼠不知道什麼時候又回到火藍的腳邊，似乎在催促似地揮動著鬍鬚。

火藍知道自己不能一直待在同一個地方，因為她並不知道監視器到底裝在哪裡。她快速地寫，然後捲起來，丟到地上。

小老鼠咬到之後，馬上消失了。

如果追在老鼠後面，是不是能見到紫苑呢？

火藍這麼想，但是她立刻拋開這個想法，離開倉庫。

就在這裡等吧，等到那孩子回來。

就在這裡等吧，這很容易的。那孩子還活著，現在人在西區。

只要他活著，就能等下去，因為還有一絲希望，還沒輸。

還沒輸……我打算跟誰鬥呢？

火藍稍微露出笑容，抬起頭離開倉庫。

自從那一天起，又過了快一個月了吧。

這當中小老鼠只出現一次，是茶褐色的老鼠。也就是說，紫苑平安無事。

火藍放心了，但同時她也感到痛苦，只怕下一次出現的是黑色老鼠。

沒有什麼可以保證紫苑平安無事。

好想見他一面。

最近火藍常常做夢，夢裡的紫苑還很小，如果不牢牢牽住他的手，火藍就好害怕失去他。

我不會放手的。

雖然火藍強烈這麼想著，但是幼小的孩童還是從母親手中抽出手，往外跑。

「紫苑，等一下。」

不可以去那邊，那邊危險，非常危險……

「紫苑！」

火藍在自己的叫喊聲中醒來。

一連好幾天都是這樣，有時候還會因為心悸、喘不過氣來，或是頭疼而痛苦呻吟。但她還是繼續烘焙麵包、開店，只為了像莉莉這樣的孩子會來找她。

即使紫苑被逮捕、拘留的消息曝光了，周遭的人的態度也幾乎沒有改變。

去工地上工之前，一定會順道來買早餐用的葡萄麵包跟三明治的中年勞工、一個禮拜只來買一次胡桃蛋糕的高職學生、每天早上來買一斤剛出爐的吐司的家庭主婦，大家都很高興火藍繼續經營麵包店。

「吃阿姨烤的麵包會覺得很幸福。不知道為什麼，就是覺得很幸福。」

「如果吃不到妳的葡萄麵包，我的人生就無聊透了。別剝奪我最重要的樂趣喔，火藍小姐。」

「妳是開麵包店的吧？不管發生什麼事，妳都要烤麵包喔，我會等妳，每天早上大家也都會等麵包香從巷子裡傳出來。」

許多人溫暖的話語支持著她。

因為無法確認兒子生死，心中忐忑不安快要崩潰，就在他人的言語下，勉強撐了下來。

因此，她咬著牙烘焙麵包，製作蛋糕。

但是，夜晚的到來仍讓她非常痛苦。如果正好有年輕人通過店門口的話，更會讓她覺得痛苦，甚至讓她想放聲大哭。

火藍坐在椅子上，雙手掩面。

「吱吱。」

她抬起頭，發現展示用的玻璃櫃下方，有一隻小老鼠正扭動著鼻子，是茶褐色的老鼠。

「你來了啊。」

小老鼠看看四周，然後從嘴裡吐出一個膠囊。透明的膠囊裡放的是什麼東西，火藍很直覺地就懂了。

她馬上衝向玻璃櫃。小老鼠被火藍嚇到了，連忙躲到房間的角落。

火藍以顫抖的手一邊斥責自己，一邊打開膠囊，裡面放著一張摺得小小的紙條。

**媽，對不起。我還活著。**

媽、對不起。我還活著。

稍微往右上翹的筆跡，確實是紫苑的字。

媽。

文字變成了聲音，回響在火藍的耳裡。

那個孩子現在還活著。

不但活著，還寫了紙條給母親。

小小的紙條上，只有短短的幾個文字，但是這已經足夠讓火藍喜極而泣了，她無法停住自己的淚水，不斷地用手擦拭。

他現在的情況一定很困難吧，也許很困惑、很痛苦，但並不是不幸的，簡短卻力道十足的文字這麼訴說著。

媽媽，不要擔心，我並不是不幸，絕對不是不幸。

火藍用圍裙擦拭眼淚，她暗自決定這是最後一次哭泣。

下次再哭泣的時候，便是用這雙手緊緊擁抱紫苑的時候。在那一天到來為止，絕對不再哭泣，也不再怨嘆。

每天烘焙麵包、賣麵包、做生意、打掃店裡、買花裝飾店面，她會好好活下去，好好做自己的工作。

「明天開始增加瑪芬蛋糕的種類，對了，當作孩童折扣日好了。」

火藍點點頭，然後從玻璃櫃中拿出鹹味的圓麵包。那種麵包是上面撒著起司粉去烤的，即使冷了也很香很好吃。因為價格便宜，所以賣得還不錯。

這一個是今天烤好的最後一個了。

「謝謝，真的很謝謝你，老鼠。」

她將麵包剝成一小塊一小塊，丟到小老鼠的面前。茶褐色的小老鼠先是盯著麵包好一陣子，又聞了聞，然後才小心翼翼地開始吃。

「老鼠是你的飼主嗎？可以幫我告訴他，我很感激他嗎？請他有機會一定要來吃麵包，他愛吃多少都可以，當然，你也一起來。」

突然，有人敲門。

並不是很激動的敲，而是有點顧慮地叩叩叩地敲。但是，這樣就夠讓火藍的心臟嚇到快跳出來了。

糟糕！這個家說不定已經被治安局監視。

她忘情於紫苑的信，都忘了這一點。

治安局？說不定會沒收這封信……

像「克洛諾斯」一樣完善的警報系統，這裡沒有。

沒有警報器、沒有監視器，也沒有加裝識別感應器的鎖，只有嵌著薄薄玻璃的門、鐵門，以及舊式的手動鎖。如果是身強體壯的男人的話，一個人就可以輕輕鬆鬆地撞門而入了。

火藍將信捏在手心，如果萬不得已的話，她打算吞下去。

敲門聲仍舊持續著。她慢慢地站起來，緊緊握住雙拳。

「有人在家嗎？」

是年輕女性的聲音。

「抱歉，有人在家嗎……？」

尾音聽起來像是有點哀求的聲音。

瞬間，火藍的腦海裡浮現喜歡胡桃蛋糕的學生，然而似乎不是。

她按下鐵門的開關。

門上的玻璃的另一端，站著一名纖弱的美麗少女，她穿著一件幾乎和昏暗的天色差不多顏色的灰色短外套。

火藍記得這張抬頭看見她便微笑的臉。

「哎呀，沙布。」

火藍急忙打開門。

伴隨夕陽下吹拂著的風，少女一踏進店內，便說「好香喔！」然後低頭向火藍打招呼。

「阿姨，好久不見了。」

「是啊，幾年不見了，妳變得好漂亮，阿姨都快認不出妳來了。」

「我以前很像男孩子，常常被誤認呢。」

沙布帶著兩頰的酒窩笑了。一如往昔的笑容。

她跟紫苑一樣，都在市府的幼兒健診時，智能面被認定屬於最高層次。他們同為智能選拔班級的同學，到十二歲為止，都在同一間教室學習。

聽說沙布的雙親很早就過世了，她一直跟祖母兩個人相依為命。

自從他們被驅離「克洛諾斯」之後，只有沙布一個人依舊跟紫苑來往，也曾來過這家店一次，當時她的臉上還留著女孩的天真無邪。

如今，拿下脖子上淡粉紅色圍巾的沙布，皮膚十分有光澤，表情也很柔和，無意識中露出將來會出落成大美人的一面。

「但是，妳不是被選為交換學生，到其他都市去了嗎？我好像聽紫苑提過啊……」

「我回來了，因為我祖母去世了。我才剛到那邊，就接到聯絡，急急忙忙地趕回來了。」

「妳祖母……」

那麼，這孩子失去了最後一名親人了。

「沙布……阿姨不知道該怎麼安慰妳，妳要節哀順變。」

這孩子也嘗到了那樣的絕望。一個人在無止盡的黑暗中，品嘗那樣的孤獨……她還這麼年輕啊。

「有什麼阿姨可以幫忙的嗎？沙布，阿姨能為妳做什麼嗎？」

「有的。」

沙布站在火藍面前，直直地凝視著她。沙布並沒有沉溺在悲傷中，也沒有怨天尤人，隱約露出強韌的目光中，帶著只有少女才有的眼神。

「我有事拜託阿姨。」

「什麼事？」

「請告訴我紫苑在哪裡。」

火藍吸了一口氣，回視沙布的眼睛。

「阿姨，拜託妳，請告訴我。他還活著，對嗎？他並沒有被關進監獄裡。他還活著……他在哪裡？」

著急地逼問著的口吻。

火藍更加緊緊地握住手中的小紙條。

「沙布，妳知道紫苑的事情吧？」

「我只知道當局報導範圍的事情，也就是什麼都不知道的意思。報導所說的全都是騙人的。」

「沙布……」

「說紫苑因為怨恨而人格扭曲，計畫隨意殺人，這根本就是天大的謊言。他的人格並沒有扭曲，也沒有怨恨任何人。」

火藍拉著少女的手，走進倉庫。

「這裡似乎沒有監視器，也沒有竊聽器，不過，我也不知道安不安全……」

沙布的眼睛亮了起來。

「被監視，也就是說紫苑並沒有被抓到，對嗎？他已經逃到某個地方去了，對不對？他平安地逃脫，現在還活著……阿姨，妳知道這件事對不對？」

「妳為什麼會這麼認為？」

「因為妳看起來很平靜……我第一眼看到妳的時候，就知道了。妳雖然瘦了，但是並不絕望，不是一個失去兒子的母親會有的表情。」

「觀察得這麼仔細啊，妳可以當名偵探了。」

「阿姨，紫苑還活著吧？他現在很好吧？」

火藍與少女相互凝視，不發一語。

沙布是不是接受了當局的要求，前來刺探紫苑的藏身之地呢？火藍心想。

答案是否定的。

市府當局如果有那個意思的話，根本用不著派沙布來，只要使用強制自白劑，就能輕易地從火藍口中問出情報。

市府當局真的想抓回紫苑嗎？

火藍突然冒出這個念頭。

因為心力交瘁，腦中一片混亂，所以她之前從沒想過這一點。

不過是一個少年，能逃到哪裡去呢？

如果市府當局全力追緝的話，想要逮捕他，應該不是那麼困難的事情才對。就算紫苑丟掉了ID卡，還是能利用衛星偵探系統找出他的所在地，只要他不是永遠潛伏在地底下，是不可能逃過高精密的探測衛星的。

「阿姨。」

沙布的手抓住火藍的手腕。

「紫苑在NO.6外面吧？」

「對。」

「果然……我沒猜錯。如果待在市內的話，到處都有監視系統，他不可能躲得過……」

「沙布，現在的偵測衛星的解析度是多少？」

「最新的是五十公分以下。聽說透過地上的操作，還能放得更大，也就是說，可以很清楚地捕捉到地面上的人的身影。」

聰明的少女似乎猜到火藍的想法，停頓了一下之後，又繼續說。

「只要輸入紫苑的資料，就能自動偵測出來，只要他人在地面上，就不可能找不到。」

「如果是這樣的話，那孩子現在是潛伏在地底下嗎？還是……」

還是外貌變得跟資料大大不同……有這個可能性嗎？

「阿姨……我覺得只要紫苑在這個城市的外面，應該就會很安全。」

「安全？」

火藍重複了沙布說的話，因為她不懂沙布的意思。

「我也不會說，只是我的第六感……我們從沒學過如何用言語表達感情或是感覺，但是出了這個城市之後，我感受到一些事……」

沙布的口吻開始變得結結巴巴，她拚命地想找出適當的語言來表達自己內心所感受到的非理論性的東西。

「我覺得……這個城市非常封閉，感覺是很自閉的，只想在自己裡面結束所有的事情，對外界的事情幾乎沒有興趣也不關心。」

「這個城市是這樣的啊。」

「是啊，我這麼覺得。所以，我覺得只要紫苑在這個都市外面，即使他是多麼重大事件的嫌疑犯，市府當局都會放任不管的。可是，只要他回到市內，就會立刻遭到逮捕。」

「也就是說，紫苑無法回來的意思嗎？」

「如果這個城市不改變的話，就回不來……這是我的感覺。」

「沙布，妳的話好殘酷。」

沙布搖搖頭，再度抓住火藍的手。

「阿姨，紫苑現在在哪裡？」

「西區，我只知道這些。」

「西區……這樣啊。」

沙布嘆了一口氣。一時之間，視線徘徊在空中。

接著，她向火藍深深一鞠躬。

「阿姨，謝謝妳，很高興再見到妳。」

這次，換火藍抓住少女的手了。

「等一下，妳問紫苑在哪裡要做什麼？」

「我要去找他。」

火藍說不出話來，只是緊緊抓住沙布的手。

纖細的十六歲少女沉默地站著。

「沙布……妳在說什麼？妳知道西區是怎樣的地方嗎？」

「不知道，我聽說是一個很恐怖的地方。但是，我要去。」

「可是，可是……妳剛才不也說過了嗎？也許出去是可能的，然而，想要回來的話……」

「我不在乎，即使再也回不來，我也不後悔。如果紫苑在西區，我就去西區。」

「沙布。」

「我想見他，很想見他。」

沙布的眼眶泛淚，她緊咬下唇忍著。

好堅強的孩子，這個年紀就知道如何忍住淚水。

火藍伸出手臂，將少女擁入懷中。

「謝謝妳，沙布。」

「阿姨……」

「我一直以為我是孤單一個人，一個人在忍耐著……還好，有妳在，原來還有另一個人也在想著紫苑……謝謝。」

「我……愛他。真的，我一直一直愛著他。」

「我知道。」

「我不想失去他，我想待在他身邊。」

「我知道。」

火藍輕撫著沙布的背。

很久以前，我也說過同樣的話，我遇到了一個深愛的男人，我不想失去他，祈禱能夠一直待在他身邊。

然而，我們分手了。

他留給我的，只有才剛出生的嬰兒，我將這名男孩取名為紫苑。這是他送給我的第一個、也是最後一個禮物。

「女人即使失去男人，還是活得下去的。」

火藍輕聲地說。

聽不太清楚的沙布抬起頭，探詢般地眨著眼睛。此時，一滴眼淚就這樣從沙布的臉頰滑落。

「沙布，能不能相信那孩子？」

「什麼意思？」

「相信他，那孩子一定會回來，我知道，他不像外表看起來那麼脆弱。」

「這一點我知道。」

「所以，先緩一緩吧，觀察一陣子再說，我覺得我們不要擅自行動比較好。」

沙布用肩膀大大地嘆息。

「阿姨，我可以再問一件事嗎？」

「可以啊。」

「他的身邊有誰在？」

意料之外的提問。

在紫苑身邊的人。

一直沒有現身，但是的確在他身邊的人，是誰呢？

「老鼠吧。」

「老鼠？」

「對，老鼠。我只知道這個。」

「是對紫苑來說，很重要的人嗎？」

「不知道，也許像我們兩個一樣重要吧。」

沙布微笑著說要回去了。

「等一下，沙布，答應我不做衝動的事，答應我妳會等那孩子回來，好不好？」

少女依舊微笑著，然而眼中的光芒非常強烈，有著明確的意志。

「我最不善於等待。」

「沙布……」

「我從以前就是這樣了，我無法什麼都不做，只是癡癡地等待。今天早上，我已經去辦妥取消留學的手續，我已經是自由之身了。所以……我要去，我要去找紫苑，不管用什麼手段，我都要去。」

火藍搖頭。

她知道自己再說什麼都沒用了。但她還是要阻止，她不能讓少女像飛蛾撲火般自投羅網。

「沙布，我雖然是紫苑的母親，但是我也不了解那孩子的全部，也許該說不了解的部分比較多吧。然而，我確信那孩子絕對不希望妳冒著危險去見他。如果因為這樣讓妳有什麼不測的話，那孩子會痛苦一輩子的，這一點連我也知道。所以……」

沙布抬起下巴，說話更堅決了。

「紫苑的想法跟我無關。」

「啊？」

「我很任性，我知道我自己非常任性。可是，我無法在這種情況下等待紫苑，我好想見他，所以我要去找他，就是這樣而已……我不是母親，我無法像阿姨妳這樣堅強，我無法光憑著信任等待他……我不想後悔。如果，如果他就這樣不回來的話……換我一輩子痛苦。我不要，我不要失去他。」

「可是，沙布……」

火藍再一次在心底說。

可是，沙布啊，女人即使失去男人，還是活得下去的。

雖然會感受到身體的一部分就此枯萎的苦澀，但是女人仍舊可以抱著這樣的傷痛活下去。懷抱著傷痛，有一天也能再度微笑。

所以……求求妳，不要為了男人賭上性命，要為了自己而活。

該如何回應死心眼又固執的少女心？該如何說服她呢？

正當火藍拚命地思索該如何說的同時，沙布轉身走開了。

「阿姨，很高興見到妳，再見。」

不行，沙布，不要跟我道別。

「下次挑上午過來吧。」

火藍對著灰色外套奮戰著。

「上午？」

「對啊，我一整個上午都在烤麵包。清早主要烤的是圓形麵包跟吐司，接近中午也會烤一些甜點麵包跟蛋糕喔，還會烤三種瑪芬。妳來吃吃看吧，我也有好喝的紅茶。」

兩人之間出現短暫的沉默。

「對了，沙布，如果妳願意的話，能不能來幫我？我可以教妳怎麼烤麵包。我一直是孤單一個人，如果妳能來幫忙的話，那就太好了。」

火藍知道自己講的話很愚蠢。

然而，她還能說什麼呢？如何讓這孩子的心思不再放在紫苑身上？如何保護這孩子遠離危險呢？

「阿姨，謝謝。我很喜歡吃瑪芬蛋糕，希望有一天能吃到現烤的瑪芬。」

少女揮揮手，踏上夜路。

火藍沉默地目送少女的背影。

她的手腳都非常沉重，多次嘆息。

少女的戀情為什麼總是那麼性急又專情呢？連相信對方，留在原地等待都做不到。如此激烈、如此奢求、又如此痛苦呢？

自己好像早就忘了那樣的心情了。

火藍再一次嘆息。

當她關上門，正打算關燈時，發現了淡粉紅色的圍巾。被遺忘的圍巾，彷彿傳達著沙布的動搖。

沒錯，那孩子還在動搖。只要有一點點的不確定，也許就能阻止她。也許還來得及……

火藍雙手握緊圍巾，打開店門。

還沒從小巷穿出大馬路之前，沙布就發現自己忘了拿圍巾了。那是祖母親手編織的圍巾。

現在的人認為毛線的觸感佳，於是開始重新重視並流行手工編織的圍巾跟毛衣，然而，在沙布還是小孩子的時候，ＮＯ·６幾乎沒有人戴圍巾。只要穿著特殊纖維布做的內衣，就能隨時保持肌膚感受到的溫度。

別說圍巾了，連薄外套跟手套都不需要。

編織是祖母的興趣，祖孫兩人不斷地編織圍巾跟毛衣。

她常常被同學笑。雖然大家都是菁英課程裡的同學，但是他們只要找出些許的差異，就會藉此貶低或是看不起別人。

手工編織的圍巾跟毛衣，是非常好的嘲笑對象。

「哇，這是上一個世紀的遺產吧？」

「我只有在博物館裡看到過耶。」

沒有人懂得為他人著想，不懂人心，也不懂人性尊嚴。學校從沒有教過。

大家都認為自己是被選中的人，被選中的人做什麼都能被允許。

人有階級之分，分為被選中跟沒被選中的人。除了接收龐大的知識，享受完善最新設備的教室之外，他們只學到這一點。

然而，紫苑不同。

他知道尊重他人如同自己，他把自己跟他人都擺在同等的位置，是很特異的存在，至少沙布是這麼覺得的。

這個人跟其他人不一樣。

忘了是什麼時候的事情了，他曾經誇獎過沙布穿的黑色毛衣，胸口跟袖口有近紅色的粉紅色線條毛衣。

「很適合妳耶。」

當時沙布正在看桌上的ＬＥＤ顯示螢幕，確認一天的上課內容，突然有人這麼對她說，讓她有點困惑。

「那件毛衣很適合妳，看著看著，連我都覺得溫暖了。」

「謝……謝謝。」

「不客氣，不過我以前不知道呢。」

「什麼？」

「原來黑色跟粉紅色還滿合的嘛，我真的不知道。」

不能算是對話的對話，只是唐突地跟她說了簡短的幾句話。可是，從那個時候開始，沙布的心裡就出現了一名表情溫和的少年。

好特別的人……

好特別的人，跟其他人不一樣。所以有一天，這個人會選擇跟我們不同的路走吧。他會毫不留戀地捨棄當局所教育我們的那些自以為重要的事，他一定會放掉他所擁有的一切揚長而去。

沙布有這樣的預感。

當紫苑通過最高教育機關特別課程的選拔考試後沒多久，就被剝奪資格，並遷往下城的時候，沙布並不覺得驚訝。

不過是預感成真罷了，所以她並不驚訝。只是，她很想知道理由，很想知道紫苑偶爾透露出來的眼神所代表的意義。

他究竟在看什麼？又在尋找誰？

**拜託你不要讓視線在遠方徘徊，請看看眼前的我。**

只不過是短短的兩句話，她卻說不出口，無法傳達自己的心意。

通信機器的性能日益精進，卡片型手機、穿戴式小型電腦、電子報紙都已經出現在現實生活上了，卻絲毫派不上用場，無法成為向身邊的人傳達心意的工具，真令人痛心。

不知道如何告白的自己，還有眼前什麼都感受不到的紫苑，都令她著急不已。

不過，她還是在留學前向紫苑表白了。她只能採取連自己都覺得臉紅的、非常直接的表達方式。

**我想要你，一直想要你。**

單純又直接的講法，是她最大的努力了。

然而，這樣的告白卻立刻被拒絕了。

**我一直當我們是好朋友。**

這個答案真是太可笑了。沙布覺得好笑到很想大聲笑出來，也有點難過。

**遲鈍、笨蛋、你幾歲了啊、稍微成熟一點吧。**

沙布在心中不斷地謾罵著。

不過，她已經把心裡想說的話說出來了，這樣就夠了，她也能暫時鬆一口氣。

兩年後，留學回來後再開始吧，等這個人長大兩年後，再一次跟他面對面吧。

自己的心意不會改變，會一直渴望著他。

可是，紫苑幾乎不看沙布，他的心被其他事物占據，忘了沙布。她第一次看到冷靜、穩重又沉默寡言的紫苑慌亂的樣子。

紫苑的內心起了波瀾，不再平靜。

在車站內，紛擾的人群中，她試著追尋紫苑視線的彼端，卻什麼也沒看到。

那個時候，自己沒有捕捉到的某個人，就是紫苑在尋找的人嗎？

現在那個人就在他的身邊吧。雖然沒有任何證據，但是沙布如此確信著。去想那個人是誰也無濟於事，因為那是一個未知的人物。
老鼠吧。
火藍這麼說。
老鼠？
對了，當時有老鼠。他們在車站分開之前，有一隻小老鼠跳上紫苑的肩膀。
「老鼠。」
沙布試著喊喊看，然而腦海裡卻只出現研究實驗用的白老鼠。
一陣風吹來。脖子有點冷，回去拿圍巾吧。
當沙布正打算回頭時，眼前出現了黑色的人影。
「是沙布小姐吧？」
對方叫出她的名字。
她突然覺得不寒而慄。這個制服，是治安局警備課的職員。
治安局的職員為什麼……
「是沙布小姐吧？」
另一名男人詢問相同的問題，答案很明顯的問題。
「是的。」

「能不能看一下妳的ＩＤ卡？」

確認沙布拿出來的ＩＤ卡之後，治安局職員們互看點頭。

男人們的用字遣詞很有禮貌，但是卻冷冰冰的，彷彿沒有體溫的機械音。沙布覺得更冷了。

「很抱歉，要麻煩妳跟我們到治安局去。」

「啊？」

當她發出微弱的聲音時，男人們已經從兩側抓住她的手了。

「請上車。」

「不要，放開我！」

沙布抵抗，但是男人們的手勁絲毫不放鬆。

「放手！為什麼抓我？理由是什麼？」

「去了就知道。」

他們的用字遣詞開始粗暴起來了，似乎打算強行帶走沙布。沙布放鬆全身的力量。

「我知道了，請不要這麼粗暴。」

她往前走一步。

「啊！」
她假裝被絆到，身體往前倒。
男人們的手放鬆了，就在這個時候，沙布撞向右邊的男人。
因為出乎意料，所以男人踉蹌了幾步。
沙布揮動皮包，朝著另一個男人丟過去，然後乘機逃跑。
一定要逃跑，如果被抓到了，就再也見不到紫苑了。
被治安局強行帶走的意義，沙布很清楚，就是再也見不到紫苑了。
小巷裡出現人影，雖然還很遠，看不太清楚，但是她看到了對方手中拿著白白的東西。
是淡粉紅色的圍巾。
「阿姨。」
沙布停下腳步。
阿姨，不行，妳不能走過來。
就在她準備轉身的時候，肩膀被抓住了，雙手被折到背後。
好痛，正當她痛得要叫出來的時候，嘴巴被摀住了。
放手！

男人們沒再說一句話，無言地抓住沙布。
恐懼佈滿了沙布全身。
好恐怖。
放開我！救命啊！
她掙扎地想要逃。她聽到外套破了的聲音，鈕釦也被扯下，滾到地上。
救命，不要抓我，救命！
突然，脖子一陣衝擊，沙布全身麻痺，失去了自由。
「不要……救我。」
沙布的意識漸漸模糊。夜晚的景色也開始朦朧了起來。
紫苑。
在喊出這個名字之前，沙布墜入了黑暗當中。

火藍看到有幾個人影在扭打著，也聽到微弱的求救聲。
她立刻知道是沙布發出的聲音。
剛開始她有點害怕，不過還是立刻衝上去。然而，雙腳卻不那麼聽使喚，她跌倒了，還大力地撞到膝蓋。

等她站起來的時候，男人們已經將虛弱無力的沙布拖進車內。

在人煙稀少的路上，上演了一齣如同皮影戲的默劇。可是，在等距並排的街燈下，上演的東西，卻是千真萬確的現實。男人們並不是在虛構中演戲，而是在執行命令，無言地執行……

治安局。

火藍無法呼吸，就這樣蹲在路上無法動作。她無法走動，不是因為疼痛，而是因為恐懼。

一名男子瞄了這邊一眼，似乎看到了她。

火藍縮成一團。她蹲的地方正好沒有街燈照明，夜晚應該很難看見她，但只要對方戴著特殊暗視眼鏡的話，那就沒有白天黑夜之分，在黑夜中仍然看得如同白天一樣清楚，一定也能清楚看到火藍的身影。

好恐怖。

但是，男人迅速地跳上車。漆黑的休旅車無聲地發動，沒幾秒就消失在火藍的視線之外了。

火藍站起來，握緊圍巾。

「沙布。」

她低聲叫出名字，害怕得直打哆嗦，手也不停顫抖。

火藍拖著蹣跚的腳步走回家，關上門窗，微微的麵包香，讓她稍微冷靜下來。

沙布被治安局帶走了，跟綁架一樣地被帶走了。

為什麼？為什麼要抓那孩子？

因為紫苑？如果是的話，那為什麼不抓我，反而抓她？究竟為什麼……

不懂，完全不懂。

吱吱。

小老鼠從玻璃展示櫃下露出臉來。牠用前腳壓著一塊起司麵包。

「老鼠。」

老鼠會幫助她嗎？會救她嗎？會抓住她伸出的求救之手嗎？

火藍朝著葡萄色眼睛的小生物伸出手。

# 5 暗地裡的危機

剛開始的第一、兩天，我們每個人都指著自己的國家。到了第三、四天，我們指著自己的大陸。然後到了第五天，我們只想到唯一的地球。

（蘇丹薩曼太空人，沙烏地阿拉伯）

當紫苑讀完童話故事書之後，火藍滿足地嘆了口氣。

「好有趣喔。」

立克則是用鼻子哼了一下，摸摸才剛換好繃帶的脖子，抱怨地說：

「我不覺得，兔子的故事一點都不好玩。」

「那立克想聽什麼故事？」

「我想想哦……我想想看，我想聽麵包的故事，還有熱湯跟炸地瓜的故事。」

「立克，你肚子餓了啊？」

火藍朝著紫苑點頭。

「他老是肚子餓，立克特別會肚子餓。」

「等一下……我去看有沒有湯……」

是不是還有剩湯呢？能夠讓立克暫時填飽肚子的一碗湯呢？

火藍站起來。

「不用了，我們不喝，要回家了。」

她拉著弟弟的手朝著門走去。

突然，她停下腳步，回頭小聲地說：

「謝謝你唸書給我們聽。」

「不客氣。」

「我們明天還能來嗎？」

「當然。」

「太好了。」

火藍笑了，拉著立克往外走。

書堆陰影旁的老鼠伸了伸懶腰。

「你還是這麼愚蠢。」

「愚蠢？我嗎？」

「沒有人蠢到不知道自己愚蠢，不知道有沒有類似這樣的俚語呢？」

老鼠站了起來，將超纖維布圍上脖子。

「你打算施捨孩子們，把剩下的湯分給他們喝。」

「這樣算愚蠢嗎？」

「那些孩子是來聽你唸書的，並不是來求你施捨。要是你有從此不再讓立克挨餓的自信的話，那倒無所謂，可是你只是心血來潮在有多餘的湯的時候分給他喝，那麼下次他餓的時候，你怎麼辦？你無法照顧他，對吧？如果沒有責任感，在只能幫助他一半，那倒不如一開始就什麼都不要做。連火藍都比你了解這個道理。她很聰明，自尊心又高，你看，她不是拒絕了你一時的慈悲心嗎？」

紫苑癱坐在椅子上。

老鼠說的話總是刺痛他。彷彿從他身上剝皮一樣。一層又一層。剝掉自己的愚蠢、自己的傲慢、自己的迂迴。

這些虛偽的皮膚被剝掉之後，出現的赤裸裸的自己的輕浮與驕傲自大。

老鼠走在紫苑的面前，一邊戴上手套，一邊繼續說。

「第二個愚蠢，想聽嗎？」

「嗯，你說吧。」

「你答應他們明天再來。」

「這也不對？」

「明天的事情，誰也無法保證呀。」

紫苑深深地吸了一口氣。

「不知道我明天還能不能活著唸書給他們聽的意思嗎？」

「沒錯。你的理解能力變快囉。你是被通緝的人，昨天又在外面遊蕩，就算被探測衛星找到也不是不可思議的事情，也許治安局警備課一些無所是事的人，現在已經朝著這裡來了。如果是這樣的話，別說你明天想唸書給他們聽了，運氣好的話，你已經被關進監獄的獨居房，運氣差的話，你再也無法開口講話，也就是說，你早就死了。」

紫苑看著老鼠已經戴上皮手套的手。

即使在講這種話的時候，老鼠的手的動作依舊優雅。如果模仿得來的話，他真想模仿看看。

「搞什麼啊！又在發呆。」

「啊……對不起。」

「你這個人真的很沒有警覺性耶，連剛出生的鹿都比你強。」

「老鼠……」

「算了，我要去工作了。」

「市當局真的有心想抓我嗎？」

老鼠的動作停了。

「這裡緊鄰著NO.6，如果有心的話，想要抓我並不困難……不，不光是我，你不也是逃亡中的VC嗎？你跟我不一樣，你還在外面活動，NO.6的探測衛星應該可以從靜止軌道高精度監視同一個地方才對。」

「原來如此，所以呢？」

「所以為什麼呢？市府當局並不是真的有心抓我們，至少不是很拚吧？」

老鼠聳聳肩。

「紫苑，好死不死，你居住的城市對外界幾乎不抱任何興趣，只在乎用特殊合金外牆包圍起來的內部。西區是一個垃圾桶，是丟棄髒東西跟膿的地方……如果你是膿的話，西區正適合你，也許那些人這麼認為也說不定。從自己的內部擠出一個小膿包，丟到垃圾桶，因此也不會特意自己跑來撿回去。」

「你的意思是，只要我待在這裡就很安全嗎？」

「我不知道。也許事情沒那麼單純，但是待在這裡，還是比較能夠保障你的生命安全……你不也說想在這裡生活下去嗎？如果是這樣的話，也許你的夢想會成真喔。」

「到春天為止。」

到春天為止還有緩刑時間。

一到春天，蜂的活動期間，神聖都市的內部究竟會發生什麼事呢？會充滿寄生蜂帶來的恐懼嗎？

在春天來臨之前，在春暖花開之前，一定要想辦法做點什麼，在冬天還沒過去之前，一定要想出辦法來。

「好不容易出現了吃人蜂，你就靜靜地看著就好了啊，看NO.6究竟會變成怎樣，會是很棒的一齣戲喔。最厲害的主角、最感人的悲劇、最捧腹的喜劇，會是怎樣的情況呢？」

「我母親還在那個都市裡生活，我無法置身事外，當個旁觀者。」

「你打算回去嗎？」

「春天來臨前回去一次。在那之前，我想試試看能不能做出血清。」

「用你自己的血嗎？」

「沒錯。當然，要做出百分之百的血清可能有問題，但是，至少有試一試的價值吧。」

「你再怎麼天才，連一只燒杯、一支針筒都找不到的地方，能做什麼？」

「我去拜託力河先生看看，也許他能拿到最基本的工具。」

「那種人沒錢是不會幫你做事的啦！就算你是他曾經深愛過的女人的兒子，如果你要他白做工，他才不會理你咧！」

「是嗎……但是，血清是必要的。嗯，我會想辦法說服他，告訴他如果成功的話，就能夠賺大錢……」

老鼠的腳動了一下。

紫苑連椅子帶人摔到地下，書山也倒了，小老鼠們忙著逃竄。

「你做什麼！」

紫苑正打算站起來，然而老鼠的動作比紫苑快速許多。他的膝蓋壓住紫苑的胸口，手壓住紫苑的肩膀。

「紫苑……」

老鼠從上俯視仰躺著的紫苑的臉，手指從肩膀移向喉嚨。五根手指頭的觸感透過皮革手套傳達到紫苑的脖子上。

老鼠慢慢地加強力道。

「你不抵抗嗎？」

「嗯，抵抗也沒用吧。」

「放棄得真快，這麼不愛惜生命嗎？」

「怎麼可能。」

「你認為我不可能殺你，是不是？」

「是。」

老鼠笑了。

灰色的眼眸、薄薄的雙唇、高挺的鼻梁，他的臉上浮現美麗卻冷酷的笑容。

「別太看得起自己了。」

老鼠的手上彷彿變魔術般地出現一把刀子。

「四年前也發生過這種事吧。我把你壓在你的床上。」

「我還記得。那時候是我衝向你，不過你輕而易舉地就避開我，而下一個瞬間，我已經被你壓住，一動也不能動了。」

那是一個暴風雨的夜晚。

紫苑還記得窗外怒吼的風聲，還記得發燒的瘦小身軀。

在那之後，已經過了四年。

經過了四年，我還是無法推開這個身體，也不想推開他。

「那個時候，我拿的是湯匙，我對你說，如果我手中拿的是刀子的話，你必死無疑。」

「是啊。」

「現在要不要試試看？」

老鼠放開手，換成以刀刃抵住了紫苑的下巴。

好冰，他同時也感覺到些微的疼痛。

「我不會讓你製作血清。」

老鼠說。

「我並不是為了讓你製作血清而救你的，別多管閒事，你給我安分待在這個洞裡，直到時候來臨。」

「時候？什麼時候？」

「我毀了NO.6的時候。」

「毀了NO.6……」

「沒錯，我會將它連根拔起。」

突然，胸口的壓力消失了。

老鼠收起刀子，也收起臉上殘酷的微笑，脫掉手套撫摸著紫苑的下巴。指尖微微被染紅了。

「這是你的血。別想用你的血來製作血清這種無聊的東西，想點更有效的使用方法吧。」

「老鼠……」

紫苑抓住老鼠的手。

「你為什麼這麼恨？」

老鼠並沒有回答。

「你跟NO.6之間究竟發生了什麼事？為什麼你如此憎恨它？」

老鼠突然嘆了一口氣，手上的肌肉也放鬆了。

「紫苑，你還不懂嗎？NO.6是個什麼樣的地方？它吸取周遭所有的養分，只顧自己的壯大，是一個令人討厭的……」

「寄生都市。」

「沒錯，你懂嘛。人類會積極驅逐寄生生物。就跟那個一樣。我要驅逐它、毀滅它。只要那個地方消失了，這裡的人就可以不用再生活在垃圾桶裡了。」

「我想知道的是你個人的理由。」
「沒有。」
「騙人！說只為自己戰鬥的人，是你。」
老鼠沉默地聳聳肩。
「你是為了……復仇嗎？」
沉默。
老鼠也不撥開被抓住的手，正面看著紫苑。
「你想對NO.6復仇嗎？如果是的話……發生了什麼事？」
「我沒必要告訴你。」
「我想聽。」
紫苑抓緊老鼠的手。
「我想知道，老鼠。」
老鼠突然笑了出來，非常愉快的笑聲。
「真是的，跟個撒嬌的小孩一樣。那麼，紫苑……」
「嗯。」
「如果我告訴你的話，你會協助我嗎？」

「啊？」

「你會幫助我拿刀刺向那個你生長的都市的心臟嗎？你會放棄拯救那個都市，幫助我破壞它嗎？我不需要血清，如果真有寄生蜂，正好可以用來從內部混亂NO．6。我想看看總是逍遙自在地生活在安全圈內的那群人恐慌、到處逃竄、自我毀滅的模樣。這就是我的理由。你能幫助我嗎？紫苑。」

紫苑搖搖頭，避開灰色的眼眸。

「我做不到。」

紫苑的手被甩開。

「你總是這樣！吵著要知道，卻沒有任何覺悟。知道是需要覺悟的！如果知道了真相，就無法回頭了，無法回到還不知道時的那個無憂無慮又幸福的自己了。為什麼你連這種道理都不懂呢……？紫苑，我再問你一個問題。」

老鼠蹲了下來，用手指著紫苑的下巴。

「我跟NO．6，你選哪邊？」

紫苑屏息。他知道總有一天要被迫選擇，他早有預感。

要選哪一邊呢？

只要選擇其一，就會失去另一邊。

他並不想回NO.6。如果是這個意思的話，他毫無留戀。

但是，人就不一樣了。母親、應該已經去別的都市的沙布，還有下城的居民們，全都在那道牆壁的內側，那裡有自己懷念的風景以及記憶。

老鼠如果連同NO.6裡的人、風景、記憶一起憎恨的話，紫苑無法和他站在同一陣線。

老鼠的手離開了紫苑的下巴。

「你愛NO.6，我卻恨，所以呢……我們終有一天會成為敵人。」

呢喃，鑽進紫苑胸中的呢喃。

「我也這麼覺得。」

老鼠以前也說過同樣的話。

當時紫苑也渴望知道某些事，他希望了解老鼠的過往。當他對老鼠說「我想知道你的事情」時，老鼠給的答案也是一樣。

我們會成為敵人。只不過那時候的老鼠，眼睛笑著，口吻也帶點開玩笑的輕鬆。然而現在卻很沉重，帶著沉重黑暗的呢喃，硬生生地沉入紫苑的內心。

那是發自老鼠內心的呢喃。

我們終有一天會成為敵人。

老鼠站起來，看向牆壁的時鐘。

「糟了，我遲到了，經理一定很生氣。」

老鼠背對紫苑。不管聲音或是眼睛，都已經抹去了近乎殺意的陰沉。灰色的眼眸變得明亮，口吻也輕鬆了。

「老鼠……」

「好了好了，媽媽要去工作了，小綿羊要好好看家喔，可怕的大野狼會來，絕對不能開門喔。」

「別太小看我了。」

老鼠臉色凝重，收起笑容，皺著眉頭。

「你說什麼？」

「我說，別太小看我了。」

「不高興我把你當成小綿羊嗎？那下次換演小紅帽好了，小紅帽很可愛又天真無邪，不知道懷疑也不懂警惕，結果被大野狼吃掉了，很適合你耶。」

我不會被你激怒的，你愛怎麼嘲笑就怎麼嘲笑吧，我有事要對你說。

「有些事情你看不到，我卻看得到。」

「不懂你的意思。哎呀，這是你最在行的嘛。」

「你什麼都一分為二，不是愛就是恨，不是敵人就是朋友，不是圍牆的裡面就是外面，而且你認為一定非得要二選一。」

「那是當然的啊，像你一樣老是在分叉路口猶豫不決地煩惱的話，早就變成人肉乾了。那是膽小鬼做的事情。不能逃的，總要選邊站才行。」

「你從沒想過可能有第三條路嗎？」

「第三條路？」

「對。」

「紫苑，我真的無法理解你說的話，什麼是第三條路？」

「不需要破壞NO.6，只要讓它消失就好，你從沒這麼想過嗎？」

老鼠摀著臉頰，深呼吸了一下。雖然他壓抑著不表現在臉上，但是紫苑知道他動搖了。紫苑再往前踏出一步。

「只要摧毀外牆就好，這樣它就會消失了。」

「NO.6的防禦牆嗎？」

「沒錯。只要牆壁不見了，NO.6這個地方本身就會消失了。誰都能自由來去。撤掉牆壁跟關卡，這樣就無法區分NO.6跟各區了。」

老鼠忍不住笑了出來。

他抱著肚子狂笑。

刺耳的笑聲迴盪在地下室裡。小老鼠們全都嚇得擠在一起，小小的身體看起來更加縮小了。

「這麼好笑嗎？」

「好笑啊，好笑到我的眼淚都流出來了。你不只是天生秀逗，而且還有妄想症。什麼第三條路嘛！不過是不切實際的夢話罷了！」

「老鼠，我是說真的。」

「我不希罕。」

這麼講的時候，老鼠的臉上已經看不出絲毫笑意了。

「那麼輕易就消失可不好玩，那個都市必須要保持現在這個樣子。盛裝打扮、飽餐美食，盡量癡肥下去吧。當我一刀剖開肥胖的肚子，感覺一定很棒。我要將油滋滋的內臟全都拉出來，曝曬在陽光底下。真期待，沒錯，我非常期待春天的來臨。」

「你愛怎麼笑無所謂，但是我覺得做得到，我相信做得到。」

「你只是在找退路，想辦法不讓自己受傷罷了。萬一真的外牆消失了，出現在那裡的可不會是天國唷。是地獄。混亂、失序、鬥爭、掠奪……你不知道那裡的居民受到多少壓抑，不知道那個都市建築在多少犧牲者的屍體之上。因為不知道，所以講得出那種夢話。紫苑，不可能的，那不是調色盤，不可能把各種顏色調合成一種。一邊終究會消滅另一邊。只有這條路，這就是命運。愛與恨、敵人與朋友、牆壁的內與外，還有你與我，絕對不會合而為一的。」

「不試試看怎麼知道？至少……」

「至少？」

「我不會成為你的敵人，絕對不會。不管發生什麼事，就算會被殺，我還是站在你身邊。」

「說得太好聽了。」

「是決心。」

是我自己的意志，決不會動搖。而且，不試試看怎麼知道呢？

我相信在最後關頭非選不可的時候，人終究會選擇安穩，放棄鬥爭；選擇歌曲或書本，放棄武器；選擇愛，放棄憎恨。

我生信這不會是夢話。是希望。

我還沒有捨棄希望。我會找出你看不見的路，指引你。

老鼠別開視線，用鞋尖踢了椅子一腳。

「跟你在一起，有時候真的會讓我覺得很焦躁，你總是想著理論跟夢想，而且說得很認真。」

「如果我不認真講，我想你不會聽我說。」

「夠了，給我適可而止，別再說了。」

老鼠扶起自己踢倒的椅子，輕輕地拍打褪色的椅墊。

「像你這種只會出一張嘴的理想主義者，整天坐在這裡就行啦。別關心外面的世界，在自己的腦袋裡天馬行空地幻想吧。什麼都別再說了，別煩我了。」

「老鼠……」

「我不想聽。聽你說話我會想吐。夠了，真是的，早知道你這麼愛講話，我就不會帶你來這裡了。」

「我不愛講話，反而是不善於跟人交談。」

「那你就更應該閉嘴。」

我不能沉默，不能坐在這裡，關在自己的世界裡，斷絕跟外界的關係。

我想對你說話，聽你說話，我必須跟你一起摸索生存下去的路。

摀住耳朵、閉起嘴巴、闔上眼睛。我已經不想再過那種生活了。

讓我有這種想法的人，是你，老鼠。要我把手從耳朵拿開、張開嘴巴、注意凝視，這些全都是你說的。

可是，現在你卻要我閉嘴嗎？

你要說你不想聽嗎？

「膽小的是誰啊！」

紫苑不小心吐出這麼一句話。老鼠的表情立刻變得可怕。

「你說什麼？」

會吵架嗎？紫苑閃過這個念頭。

不過，他認為這樣也無所謂。老鼠輕而易舉就能制服自己吧。不論是四年前或是現在，結果都一樣。他完全打不過老鼠，不過他一點也不在乎輸贏……

他想要跟他肉搏。

即使被壓在地上、被毆打、被勒到無法呼吸，他都無所謂。只要一秒鐘都好，他想要站在對等的位置上，用自己的肉體跟他搏鬥。

只是，老鼠再度別開視線，完全不看紫苑，朝著門口走去。

在老鼠快要摸到門把時，外頭傳來沙沙的沉悶聲音。有什麼東西在抓著門。過了一會兒，又聽見汪的低吼聲。

老鼠與紫苑互看了一下。

「是狗。」

老鼠打開門。

一隻茶褐色的大型犬坐在外面，搖著尾巴，嘴裡叼著白色的包裹。

「是借狗人的狗……他發生什麼事了嗎？」

老鼠從狗的嘴裡接過包裹。

是一封信。

他看過之後，嘴角現出微笑。

「紫苑，給你的，要委託你的工作。」

紫苑接過信來看。

非常難讀的一封信。

信紙本身已經古老泛黃，上面還有狗的唾液，再加上文字也潦草得可以。即使如此，這封信仍比過去收到的任何一封信，都要讓他雀躍。

紫苑，要不要來工作？

幫忙洗狗的工作。

我忙不過來，如果你願意的話，就跟著這傢伙回來吧，只要跟著牠，「善後者」應該不敢對你出手。就這樣。

附註，這傢伙說你應該滿適合洗狗的。

「什麼是洗狗？」

「就是字面上的意思，洗狗啊。洗借狗人借給人當暖爐用的狗。長毛、性格溫馴的大型狗，全部應該有二十隻吧。有些客人會抱怨有跳蚤或是很臭等等的，不肯付錢，因此他每個禮拜會找一個天氣好的日子，幫狗洗澡。你要去嗎？」

「當然要去。上面寫著要不要來工作耶！這是我的第一份工作，有人找我工作了。」

「有什麼好高興的？你怎麼這麼單純啊。」

「老鼠，我應該要帶什麼去？要不要帶肥皂？」

「應該不需要吧。你自己小心別被拉進小巷裡了，男人、女人都要注意。不過有這隻狗跟著，應該不用擔心，我送你一段。」

「講到這裡，我也很想看看你工作的地方，好想看舞台劇喔。」

「別得寸進尺。」

大狗吠了一聲。

「謝謝，託你的福，我找到了第一份工作。好了，帶我去吧。」

大狗搖搖尾巴，舔了舔蹲下來的紫苑的臉頰。

「你幫我舔傷口，真貼心。」

「你白癡啊！因為有血的味道，所以牠才舔你吧。」

「沒那回事。牠很小心地舔著我呢。算起來比你溫柔多了。」

「別把我跟狗比。」

老鼠似乎真的感覺很差。

看著老鼠嘟起嘴，紫苑突然想起他四年前的樣子。紫苑覺得有點好笑，也覺得有點懷念。

「幹嘛，你笑什麼？」

「不是，原來你也還保留著純真的一面，我覺得有點高興。」

「什麼？」

「沒有，沒事。好了，麻煩你帶路了。」

紫苑輕輕地撫摸狗背。

這樣的動作彷彿是種暗號，大狗馬上往樓梯上跑。紫苑也追著牠，離開了地下室。

外頭的陽光燦爛。

原來如此，這樣的天氣也許真的很適合洗狗。紫苑朝著天空大大地深呼吸。

在老鼠的眼中，紫苑的身影彷彿被捲入了光線之中。從黑暗的洞穴爬出來時，光線總是耀眼刺目。

老鼠不喜歡明亮的地方。

充滿光線的場所，容易變得危險。這一點他清楚得不得了。他無法像紫苑一樣，毫無猶豫地擁抱光輝。

敵人或朋友、牆內或牆外、愛或恨，還有光或暗。

所以我說了啊，我們絕對無法相容，我都說了那麼多次了，你還是不懂啊。

老鼠把已經到嘴邊的嘆息吞了回去，吐不出的惆悵與無奈就此沉入心底。

正當老鼠打算鎖門的時候，一隻小老鼠走到他的腳邊來。

「你回來了啊。」

老鼠將牠抱到手心上來。牠似乎很疲倦，葡萄色的眼睛看起來有點模糊。

「辛苦了，好好休息吧。」

小老鼠搖搖頭，吐了一個膠囊在老鼠的手心，裡面有一張淡藍色的紙條。

「回信嗎？」

如果是的話，紫苑會很高興。

今天似乎跟信很有緣。

突然，他的心裡飄過一個黑色的東西。黑色的不明物體。沒有形象，只是黑。

不安。不祥的預感。

頭的一角微微地痛了起來。

嗅出危險與災害的能力，是與生俱來的。

靠著這個能力，老鼠多次死裡逃生。

他覺得這個膠囊裡的東西，有一股很討厭的味道。彷彿是要將他往毀滅裡推的一步……

他打開膠囊。裡面是火藍匆忙寫下的潦草字跡。

沙布被治安局抓走了。救她。火

頭劇烈地疼痛了起來。

老鼠閉上眼睛，倚靠著門。

沙布，那個女生被抓走了。

為什麼……她不是菁英分子嗎？跟紫苑一樣……跟紫苑一樣……

也就是說，代替紫苑嗎？第二隻贖罪的羔羊。

為什麼？為什麼需要活供品呢？

為了隱瞞寄生蜂殺人的事情，所以捏造紫苑是殺人犯，但是殺人犯一個就夠了啊。然而，為什麼……為什麼市府當局需要另一個活供品呢？為什麼……

不管原因為何，如果那個少女是第二個活供品的話，就不可能被帶到治安局去，一定直接送監獄了。

小老鼠從NO.6回來需要半天的時間。

來不及了，她一定已經被關進牢裡了。

測量能力、精心挑選、從小就花費相當的預算跟時間培養的特別課程的學生，為什麼要眼睜睜地毀掉他們呢？

為什麼？為什麼……

一定有什麼問題。一定隱瞞了什麼，有大事將發生了。

老鼠慢慢地站穩。

猜不透。

一團謎。

不過在解謎之前，有一件事必須要先做決定。

這個該怎麼辦？

如果把這張潦草的紙條拿給紫苑的話，他一定會去監獄吧。他完全不知道那是個什麼地方，只是一心想救沙布地往那裡去。

單純不解世事的少爺只為了「不能眼睜睜看著朋友遇害」這樣的理由，即使是毒蛇的巢穴，他也會往裡頭鑽。專程送命上門。

那麼，要撕掉嗎？

撕掉倒很簡單。沙布這名少女跟自己一點關係也沒有，只不過是個完全不認識的陌生人。她會變成如何，又關自己什麼事？就這樣放著不理她也無所謂，沒有什麼會因此改變。

但是，如果紫苑死了，自己的內心會有很大的改變吧。

不想看著他死。那大概很痛苦。痛苦的不是被殺的紫苑，而是必須活著看著那具屍骸的自己會很難受。又必須再一次活著忍受地獄之火的焚燒。

開什麼玩笑。我已經受夠了！

我不想再失去了，不想再一次品嘗獨自被遺留在人世間的痛苦了。

不想失去？痛苦？

老鼠嗤了一聲。

怎麼會這樣！他差點腿軟。

將紫苑從治安局的手裡救出來，是為了還他人情。不過如此而已。自己從來也沒有想要跟他有什麼關聯。

不僅是紫苑，他從來沒有想過要跟任何人有所關聯或是心靈相通。

對他人的思念，比光明還要危險。絕對不能跟他人有任何關聯。不管是男是女，只能跟他們有隨時可以斬斷的關係。

絕對不能對任何人敞開胸懷！絕對不能相信任何人！

老婆婆最後的遺言，他差一點又要違背了。

不想失去。

痛苦。

老鼠仔細摺好火藍的字條，放回膠囊裡。

失去跟痛苦，不是早就習慣了嗎？

就算紫苑死了，他也不一定會有失落感或是痛苦啊。就算有，也許只是極短的時間而已。

到時候自己可以自由地使用床跟浴室，不用擔心湯的量，不會有人問一些亂七八糟的問題，不會有人跟自己說話，也不需要闔上還沒看完的書，專心聆聽對方說話，更不需要壓抑焦躁去回答對方的問題。

回到原來的生活。不過如此而已。

只要把裝有紙條的膠囊交給他，然後轉身就好，不要扯上關係就好。不過如此而已。

老鼠猛然打開門。

只有書跟少許家具的房子。

厚重牆壁圍繞的地下室，是最適合老鼠的巢穴。

冰冷黑暗，看起來比平常寬敞。

冰冷、黑暗、寬敞的感覺朝著老鼠襲來。

跟他人有關聯就是這樣。獨自一個人就變成無法生活下去。

人生四處都設有巧妙的陷阱，自己就被其中一個逮住了。

還來得及嗎？

「老鼠，怎麼了？」

紫苑站在樓梯上方通往地面的入口處喊著。

「大狗一直拉我，你快來啊。」

紫苑的身影在正午的逆光中，他的身影輪廓漆黑一片。

還來得及嗎？

紫苑，沒有你我還能活下去嗎？

我能在多少會有點痛苦的覺悟下，逃離你這個陷阱嗎？

我能斬斷跟你的關係嗎？

「老鼠？」

從地面上傳來的聲音裡帶著訝異。

「沒事，我馬上上去。」

老鼠關上門。

狗吠聲、光線、風聲。

老鼠重新捲好超纖維布，一步一步地爬上樓梯，一步一步地走向地面。

【未完，待續】

# 後記

正閱讀著這一頁的讀者們，你們的周遭現在是怎樣的景象呢？

戰爭、飢餓、世界變得如何了？還有人繼續殺戮嗎？還是到處充斥著憎恨嗎？嘆息還是隨處可見嗎？

你們相信希望嗎？我一直認為自己相信。這個世界還能修復，人類一定會捨棄武器，總有一天會的……

以年輕人為對象寫故事，只是想要傾訴希望。在絕望之中無法孕育出新事物。我一直那麼認為，也順從這樣的想法，輕鬆地傾訴希望。

「你什麼都不知道。不知道什麼是飢餓、不知道什麼是冷到發抖，不曾因為來不及治療，傷口化膿，痛到呻吟，也不曾體會因為傷口長蛆，雖然活著，肉體卻不斷腐爛的痛苦，更不曾眼睜睜地看著一個人死去，自己卻無計可施。這些你都不曾經歷過，只會說些好聽的話。」

「你只是在找退路，想辦法不讓自己受傷罷了。」

「言語不能像你那樣隨便地使用喔。被強迫還心平氣和，那是不對的。你並不懂這一點，所以，我無法相信你。」

老鼠丟給紫苑的一些辛辣言語，同時也是直接插向我自己的刀刃，是刺向我本身的利針。

對，我覺得我自己什麼都不知道，也什麼都不想去了解，就這樣活到現在。身體沒有病痛，不必擔憂明天的食物，完全感受不到可能被火箭炮或是地雷炸到的危險，這就是我的生活。我熱愛這種雖然有點無聊卻安穩的生活。雖然這沒什麼不對，但是一掀開這種安穩生活的表面，我無法不看到與遙遠異國的戰爭和飢餓之間的密切關係。

個人與國家相連，國家則和世界接軌，三者不可分。我終於發現了這個道理。所以，我忍不住寫下了這個故事。我想跟紫苑這個少年，一起試著接觸世界。我們敞開胸懷，透過所感受到的痛苦與喜悅，將此刻試圖理解世界的稚嫩與笨拙書寫下來。

不過老實說，在創作的過程中，我多次覺得自己無法成為紫苑。我無法像他一樣對這個世界掏心掏肺，真誠地仰賴他人，率直地說出自己的想法。我害怕受到傷害，會巧妙地矇騙自己，我無法像他一樣乞求。

現在雖然完成這個故事，但不知為何我品嘗到近乎敗北的感覺勝於完成作品的成就感。

對不起，我好像一直在抱怨。退路多的人總是會變得多嘴又愛抱怨。

總之，這個故事才剛開始。我誠摯地希望讀者們能夠享受紫苑跟老鼠兩個少年的一舉一動，以及他們編織出來的故事。

今後他們會有怎樣的遭遇，我也不知道。我不是故意噤口不說，而是真的無法預測。

只不過，我不想讓紫苑成為只會空談的理想論者；同樣地，我也不想讓老鼠成為只有憎恨的恐怖主義者，絕對不希望。為此，應該怎麼辦呢？他們若要生存下去，就得避開老鼠所說的「總有一天成為敵人」，那他們到底需要什麼呢？不能虛構，而是我自己必須看透現實，自己去思考。我必須將焦點放在國家這個團體的醜陋、人性的脆弱，以及自己本身的狡猾上，絕對不能偏離視線。

接下來，在結尾我還是想傾訴希望。不是簡簡單單胡謅一堆，也不要那些空泛的言語。就算是賭上我自己，只能結結巴巴地訴說也好，我就是想傾訴自己所掌握的希望，期盼自己能成為那樣的書寫者。

我沒有自信，因為我清楚知道自己的無力與無能。只是，我認為自己只能選擇跟少年們一起戰鬥這條路。

提供戰鬥的場所，並且一直推著我前進的講談社編輯部的山影好克先生，我要向他致上我的感謝與敬意，同時，我也想跟他哭訴「這個工作好辛苦喔」。而他一定會回答我說：「哪有那麼容易呢！你是專家啊，別讓老鼠及紫苑笑話妳，好了，振作點。」

最後，我由衷地感謝透過真實、幻想、我所望塵莫及的想像力，打造出NO.6的影山徹先生，以及利用相片注入獨特光與影的北村崇先生。非常感謝各位。

**禁止思考、不准煩惱、不允許憂愁存在！**

**這裡，其實是個可怕的地方……**

# 未來都市NO.6 #3

淺野敦子◎著　SIBYL◎圖

紫苑漸漸適應了在西區的生活，也開始幫借狗人洗狗，以賺取餬口的費用。可是，得知紫苑的好友——沙布被治安局抓走的老鼠，卻對紫苑隱瞞了這個消息，並暗中委託借狗人調查。同時，留在NO.6裡的紫苑母親火藍，無意間在公園裡認識了神秘男子楊眠，他告訴火藍，他的妻子和兒子，也是像紫苑一樣，被政府「默默處理掉」的失蹤人口……

**【2009年3月暗潮來襲！】**

YOUNG AGE小說鮮視界！

YA!

青春滿點！活力滿載！好看滿分！

## 邁向偉大魔書使之路，
## 就這樣莫名其妙地展開了?!

**首刷限量隨書附贈：《妖怪公寓》2009年吉祥年曆卡！**

# 妖怪公寓②

香月日輪◎著　佐藤三千彥◎圖

忙碌的高一生涯正式宣告結束，期待已久的長長假期終於來臨了。而對稻葉夕士來說，這更是歷史性的一刻！在學校宿舍住了半年後，他發現自己很難適應「人類世界」的生活，也超想念壽莊裡的「怪」鄰居們，於是，他決定搬回妖怪公寓！

然而，就在夕士搬回來的第二天，另一個房客「舊書商」也旅行回來了。他的小小行李箱裡，像個無底洞一樣，裝了數也數不清的稀有古書。其中有一本書特別奇怪，翻開書只看見二十二張塔羅牌圖片，沒有任何文字，似乎是擁有某種不知名的神秘力量，而被「封印」了……

YOUNG AGE小說鮮視界！

青春滿點！活力滿載！好看滿分！

## 誰說男人婆不能談戀愛?!
## LOVE的大作戰開始！

# 我的男人婆妹妹②

## 戀愛季節大作戰

伊藤高巳◎著　YAN SQUARE◎圖

升上中學對我的「男人婆妹妹」美佳來說似乎沒什麼變化，她還是那樣暴力、動不動就打架，即使穿上了「引人遐思」的迷你裙，她依然「恰」得讓人不敢恭維！然而就像四季變化那樣地自然，愛情該來的時候也會自己偷偷降臨，每天跟男生們混在一起玩的美佳，也悄悄起了連我都察覺不到的變化……

「你說說看，到底什麼是女人味?」有一天，美佳突然問了我這個問題。想當然，身為乖乖牌男生的我，是不可能回答得出來的，但她認真的模樣卻讓我實在忍不住好奇，那個被美佳愛上的倒．楣．鬼，究竟是誰啊？

國家圖書館出版品預行編目資料

未來都市NO.6 /淺野敦子;SIBYL圖;珂辰譯.
-- 初版. -- 臺北市：皇冠, 2008.09- 面；公分. --
(皇冠叢書;第3807-種 YA！；011-)
譯自：NO.6 # 1-
ISBN 978-957-33-2463-8 (第1冊；平裝) - -
ISBN 978-957-33-2494-2 (第2冊；平裝)

861.57　　　　97015693

皇冠叢書第3807種
**YA！011**

# 未來都市NO.6②

NO.6〔ナンバーシックス〕#2



作　者—淺野敦子
插　畫—Bxyzic
譯　者—珂辰
發 行 人—平雲
出版發行—皇冠文化出版有限公司
台北市敦化北路120巷50號
電話◎02-27168888
郵撥帳號◎15261516號
皇冠出版社(香港)有限公司
香港上環文咸東街50號寶恒商業中心
23樓2301-3室
電話◎2529-1778　傳真◎2527-0904
出版統籌—盧春旭
印　務—林佳燕
校　對—邱薇靜・劉素芬・施怡年
著作完成日期—2004年
初版一刷日期—2008年12月
初版三刷日期—2013年08月
法律顧問—王惠光律師
有著作權・翻印必究
如有破損或裝訂錯誤，請寄回本社更換
讀者服務傳真專線◎02-27150507
電腦編號◎515011
ISBN◎978-957-33-2494-2
Printed in Taiwan
本書特價◎新台幣199元/港幣67元